POTENTIAL 포텐 3

김민수 장편소설

초판 1쇄 찍은 날 | 2017년 1월 6일
초판 1쇄 펴낸 날 | 2017년 1월 13일

지은이 | 김민수
펴낸이 | 예경원

기획 | 위시북스
편집책임 | 박우진
편집 | 이즈플러스

펴낸곳 | 예원북스
등록번호 | 제396-2012-000132호
등록일자 | 2012. 7. 25
KFN | 제1-059호

주소 | 경기도 고양시 일산동구 호수로 646-24 위너스21 Ⅱ 빌딩 206A호 (우)10401
전화 | 031-819-9431 팩스 | 031-817-9432
E-mail | yewonbooks@naver.com

ⓒ김민수, 2016

ISBN 979-11-6098-001-1 04810
       979-11-5845-360-2 (set)

POTENTIAL

포텐

3

김민수 장편소설

WISHBOOKS MODERN FANTASY STORY

Wish Books

CONTENTS

15. 철투! 1 vs 100 (2)   7

16. 더 스마트, 프롤로그   37

17. 더 스마트, 영향력 게임   85

18. 단합대회와 불꽃남자   145

19. 어바웃 패밀리   203

20. 딥 다크 히스토리   255

POTENTIAL
포텐

15.
철투! 1 vs 100 (2)

"바로 들어가면 돼요?"

민호는 오락실 한쪽에 마련된 작은 휴식 공간에 앉았다. 카메라에 불이 들어오고 녹화가 시작됐다. 이 프로는 장시간을 촬영하는 특성상 VJ가 일일이 따라붙지 않는 설치형 관찰 방식의 프로였다.

'생각보다 조촐하네.'

PD 하나에 조연출, 카메라 감독, 진행요원까지 도합 열 명이 안 되는 숫자. 요즈음 굵직한 규모의 촬영에 익숙해진 민호는 때문에 소박하다는 느낌을 먼저 받았다.

정면, 측면, 천장에서 비추는 샷까지 민호의 일거수일투족을 찍는 관찰화면이 PD가 앉은 좌석의 모니터에 분할되어 떠올랐다.

"다신 출연 안 하려고 했는데 제대하니까 바로 섭외가 들어오네요. 어쨌든 반가워요."

한숨이 담겨 있는 민호의 인사는 컨클에 2번 이상 나온 모든 출연자가 보이는 일상적인 반응이었다. 이 때문에 제작진은 그저 웃을 뿐이었다.

도 PD가 오늘의 목표가 적힌 미션지를 전달하고 카메라 밖으로 사라졌다.

[오락실을 방문하는 일반인과의 철투 대전에서 100승을 달성하세요.]

친절하게 적혀 있는 목표에 민호는 곧바로 물었다.

"못하는 사람하고 100판 연속해서 100승 후딱 하고 가도 되나요?"

도 PD가 카메라 밖에서 손가락으로 가위를 만들어 보였다. 조연출이 타협은 절대 없다는 듯 말했다.

"한 사람에 1승씩만 인정. 패한 상대에게 계속 도전해 승리하는 건 괜찮습니다."

결국, 얼마나 패배 숫자를 줄이는지에 따라 클리어 시간이 좌우된다는 소리다. 초고수의 난입으로 당할 멘붕을 빠르게 수습하는 것도 한몫하리라.

민호는 탁자 위에 [00:00:00]으로 세팅된 사각의 디지털시계를 바라봤다. 미션을 클리어할 때까지 쉬지 않고 돌아가는 시계. 저건 이 프로의 상징이었다.

20시간 연속 촬영의 악몽은 2년이나 지난 지금에도 응어리로 남아 있었다.

"이거 100승 후딱 하고 점심 전에 끝내도 되는 거죠? 방송 분량 신경 안 씁니다."

호언장담 역시 출연자 대부분이 하는 말이었기에 스태프들은 웃었으나 민호는 진심이었다.

도 PD가 뒤편에서 사인을 보냈다. 민호는 시계 뒤쪽의 스위치를 누르자 삐빅하며 [00:00:01]로 바뀌었다.

"좋아, 갑니다!"

입구에 컨클 촬영 중이라 써 붙인 까닭에 오락실 안에는 사람들이 바글바글했다. 개중에는 구석에서 벌어지는 철투 대전에 신경 쓰지 않고 자신의 오락을 하는 사람도 있었으나 대부분 철투 기계를 둘러싸고 구경 중이었다.

"어서 오세요. 자기소개 좀 부탁해요."

민호가 첫 번째 도전자에게 인사했다. 도전자는 근처 대학에 재학 중이라 밝힌 남학생이었다.

"오락실 좀 다녀 보셨어요?"

"아니요. 가끔 스트레스만 풀러 와요."

딱딱하고 어색한 어조에 민호의 눈이 빛났다.

'누굴 속이려고!'

자리에 앉은 남학생이 레버를 잡고 손을 푸는 손길은 과연 예사롭지 않았다. 오락실 죽돌이의 짙은 향기가 느껴졌다.

민호는 주머니 속으로 손을 넣어 열쇠고리를 꺼내 허리에 걸었다. 못 당할 분위기의 참가자에게만 열쇠고리를 사용하고, 쉬워 보이면 본 실력으로 상대하리라 이미 결정한 터였다.

'너만 믿는다, 레이짱. 내게 행운을 가져다주렴…… 은 개뿔!'

민호는 착용하자마자 자연스럽게 인형과 대화를 나누려 드는 혼란스러운 정신을 가다듬었다.

'에또…… 쪼매난 인형한테 말 붙이지 말라능.'

그리고 든 생각에 그저 먼 산을 볼 수밖에 없었다.

"으휴."

고개를 휘휘 저어 생각을 떨쳐냈다. 상당히 찜찜했으나 입 밖으로만 내뱉지 않으면 된다는 생각에 일단은 대전에 집중했다.

캐릭터 선택창에서 민호는 외국 소녀를, 남학생은 레슬러 스타일의 우락부락한 사내를 골랐다.

[라운드 1]

초반은 탐색전이었다. 주로 쓰는 기술이 무엇인지 패턴 파악에 집중하는 눈치싸움이 오갔다. 주먹과 발로 톡톡 치고 방어하는 심리전 와중에 남학생의 캐릭터가 생각지도 못한 타이밍에 몸을 날려 태클을 걸어왔다.

구경하던 이들이 "오오!"하는 탄성을 내뱉었다.

붙잡히면 바닥에 다운되어 함께 뒹굴어야 하는 상황. 민호는 순간적으로 승패와 상관없이 초인적인 반응속도로 태클을 풀었다. 오로지 자신이 조종하는 소녀를 보호해야겠다는 일념 하나였다.

'가랏!'

반격기를 먹고 공중에 뜬 남학생 캐릭터를 삽시간에 벽으로 모는 대륙횡단 콤보가 시전됐다. 단번에 체력 0을 만들어 승리를 가져갔다.

"대박. 1프레임 차이로 잡기 카운터가 먼저 들어갔어."

"쟤 철투 크래쉬 16강에 든 애잖아. 강민호 펜타스톰만 잘하는 거 아니었어?"

구경꾼들의 대화가 민호의 귀에도 들려왔다.

□강 선수?'

민호는 그러면 그렇지 하는 눈길로 도 PD를 바라봤다. 어떻게 시작부터 선수를 보낼 수 있느냐는 항의에 도 PD는 사랑의 총알을 빵빵 쏴 보이는 것으로 화답했다.

프레임 단위 하나까지도 체크해 가며 반격하는 건 고수급에서나 가능한 일이기에 이어진 라운드도 피를 말리는 싸움으로 점철됐다.

"휴."

민호는 5라운드까지 가는 접전 끝에 겨우 승리를 따냈다.

'고작 1승인데 진이 다 빠지네.'

다음 상대는 평소 펜타스톰 리그 팬이라고 밝힌 중학생이었다.

"형. 8강 꼭 이기세요!"

"고맙다."

이소룡 스타일의 캐릭터를 골라 매섭게 공격을 해왔으나도 PD의 열쇠고리 힘을 빌리지 않고서도 상대할 수 있는 수준이었다.

회사원, 음식점 주인, 다시 대회 출신의 고수까지. 쉴 새 없이 대전이 이어졌다.

12판 해서 10승 2패.

고수와 대전할 때는 풀 라운드에 시간까지 다 써 5분 이상 걸렸으나 나머지는 3분 안팎이었다. 10승 하는데 40~50분 정도. 단순 계산으로도 이 페이스로 달리면 저녁 전에 클리어 가능한 수준이었다.

다음 대전 상대는 민호의 키 반도 안 되는 초등학생이었다.

"이기면 두 판 해도 돼요?"

"되긴 되지."

승리한 상대에게 재도전할 수 있다고 했으니까.

"그럼 한 판만 봐주세요."

"뭐?"

순진무구하게 얘기하는 꼬마의 말에 민호는 실소했다. 오늘은 철투가 공짜인 터라 단순히 오락을 더 많이 즐기고 싶어 하는 꼬마에게는 좋은 놀이터인 것은 분명했다.

꼬마가 자리에 앉아 고른 캐릭터는 곰이었다.

"가자! 쿠마! 달려달려!"

1라운드 시작과 동시에 헛손질하던 곰이 발차기를 얻어맞고 바닥을 뒹굴었다.

"아, 봐줘봐줘! 형! 제발요!"

민호는 기술을 걸려다 캐릭터를 물러 세웠다. 곰이 일어나 주먹을 휘둘러왔다.

"좋아. 공격! 아니야. 흉아! 아쫌! 봐달라고요!"

입으로 게임을 하는 전형적인 초딩의 모습에 구경하던 이들도 피식피식 웃어댔다.

'자식이 승질만 있네.'

꼬꼬마 시절 달랑 100원만 들고 가장 재밌게 즐길 수 있는 1판을 찾아 오락실을 어슬렁거렸던 자신의 모습이 겹쳐지는 기분이었다.

히든 커맨드로 사기 캐릭터를 골라 최종보스까지 탄탄대로로 가던 중, 옆에서 동전을 넣고 난입한 동네 형. 당연히 발렸다. 어린 마음에 분노해서 전원을 끄고 달아나다 걸려 '까궁 7권'을 빌려야 할 돈을 바치고 말았던 아련한 추억에 민호는 잠시 눈물을 삼켰다.

적당히 2라운드까지 놀아주던 민호는 3라운드부터 실력을 드러냈다. 내리 패배한 꼬마가 벌떡 일어났다.

"반칙! 봐준다고 했잖아요!"

"그런 적 없는데?"

민호는 단호히 선을 그었다.

"형은 게이머라 모든 판에 전력을 기울여. 쏘뤼~"

가서 공부나 열심히 하라는 교훈을 알려주고 나니 그 옛날 동네 형이 느꼈을 감정이 뭔지 알 것 같았다.

총 대전한 횟수가 40판이 넘어갔을 무렵 점심시간이 가까워졌다. 33승 7패. 예상한 만큼의 숫자였으나 슬슬 손가락이 뻐근해져 갔다.

"한 분만 더 하고 쉬었다 갈게요."

진행요원의 외침에 대기 중이던 한 사내가 다가왔다.

"어서 오세요. 자기소개 좀 부탁해요."

서른 중반 즈음으로 보이는 멀쑥한 인상의 사내는 인터뷰를 위해 카메라 앞에 섰다가 갑자기 안색이 변해 민호에게

"쉿!"을 외쳤다.

"왜요?"

민호는 사내가 주머니에서 휴대폰을 꺼내는 것을 보고 의아함을 느꼈으나, 통화 첫 마디에 고개를 끄덕이고 말았다.

"응, 자기야. 어디긴 목욕탕이지. 사우나 조금만 하다가 갈게. 나 이제 옷 벗어야 해. 올 때 커피 좀 사오라고? 계피 말고 시나몬? 알았어. 응, 나도 사랑해."

깊은 한숨을 내뱉는 사내.

"죄송해요, 와이프 전화라."

한적한 주말. 잠깐 취미 생활을 즐기러 왔다고 당당히 고백하지 못하고 둘러대야만 하는 그의 현실에 구경꾼 대부분 아무 말도 하지 못했다.

결혼한 남자들은 아픔에 공감해 울었고, 결혼을 앞둔 남자들은 소름을 체험했다. 오락실 안을 한바탕 우울하게 만들어 버린 사내가 좌석을 가리켰다.

"게임 하시죠. 얼른 하고 가봐야 할 것 같아요."

"아, 네."

민호는 건너편 자리에 앉아 대전을 준비했다.

사내의 철투는 한 판에 삶의 모든 것을 쏟아부으려는 양 처절했다. 민호는 패했으나 아깝다는 마음보단 저 상태에서 고수급의 실력을 쌓고 있다는 사실에 감복하고 말았다.

'게이머는 어디에나 있는 거야.'

승리했음에도 아쉽다는 듯 일어난 사내의 시선이 철투 기판의 버튼에 머물렀다.

"한 판 더 하시겠어요?"

"아니요. 전화 온 이상 30분 내로 가야 해요. 좋은…… 대전이었어요."

물기가 어려 있는 사내의 마지막 한마디가 구경하던 남자 모두의 가슴을 찌르르 울려왔다. 사내는 서둘러 오락실 밖으로 사라졌다.

점심시간 이후 한적해졌던 오락실에 다시 사람들이 모여들었다. 이제는 철투를 구경하는 인원보다 그저 오락을 즐기러 온 사람들의 숫자가 많아졌다.

민호는 휴식 자리에 앉아 있다가 사람들 틈을 헤치고 다가오는 윤이설에게 손을 들어 올렸다.

"이설아. 여기야."

윤이설이 분할된 카메라에 모습을 드러냈다. 별다르게 꾸미지 않았음에도 청춘 드라마에서 갓 튀어나온 것만 같은 외모를 한 그녀의 모습은 주목을 끌기에 충분했다.

덕분에 지켜보고 있던 제작진의 눈이 휘둥그레졌다. '이렇게 예쁘다고는 얘기 안 했잖아'하는 얼굴에 민호만 홀로 만족의 미소를 지었다.

'벌써 빠져든 걸 보니 협상이 쉬워지겠어.'

민호는 카메라를 향해 윤이설을 소개했다.

"아까 말했죠? 홍대에서 음악 하고 있다는 제 친구입니다. 이설아, 카메라 보고 인사하면 돼."

"어디요? 저쪽?"

두리번대던 윤이설은 정중앙에 고정된 카메라를 향해 꾸벅 고개를 숙였다.

"윤이설이라고 해요."

등에 멘 기타가 출렁거리며 내려갔다 올라오는 것이 모니터링 화면에 고스란히 잡혔다. 조연출이 서 있는 위치 좀 옮겨 달라고 신호를 보내왔다. 민호는 웃으며 윤이설의 팔을 끌어 메인 카메라 앞으로 위치시켰다.

"여기에 서야 모든 화면에 잡혀."

"아."

부끄러운 듯 고개를 숙이는 그녀의 모습에 구경하고 있던 남자 중에 설레지 않은 사람이 없을 정도가 됐다. 이건 민호도 마찬가지였기에 같이 '흐~'하고 설레다가 그녀를 초대한 목적을 생각해 내고 정신을 차렸다.

"이분이 요즘 난리 난 홍대여신 동영상의 주인공인 건 아시는지 모르겠네요."

민호는 윤이설에게 양해를 구하는 눈빛을 보내며 작게 물었다.

"혹시 노래 한 곡만 해줄 수 있어?

그녀는 상관없다는 듯 밝게 웃으며 고개를 끄덕였다. 그리고 자리에 앉아 기타 케이스를 벗겼다.

"어때요 방송에서는 단 한 번도 불러본 적 없는데 한번 들어보시겠어요?"

이 말에 진행요원들은 이미 열렬한 팬이 되어 어서 노래를 불러달라고 안달이 난 표정이 됐다.

"우리 이설 씨 가수 데뷔를 앞두고 있는데 공짜로는 안 되는 거 아시죠?"

민호의 시선이 도 PD를 향했다. 아무리 리리짱이니 레이짱이니 2D 여성에게 빠져 있다 해도 윤이설의 매력이라면 당연히……

'쳐다도 안 보고 있어!'

도 PD는 모니터 석에 홀로 앉아 미소녀가 나오는 휴대폰 게임을 하고 있었다. 민호는 '끙'하고 한숨이 나왔다. 도 PD가 혹하지 않으면 부르나 마나였다. 이것이 애니 매니아의 초울트라 단단한 벽이란 말인가!

"민호 오빠, 부를까요?"

하모닉스로 빠르게 기타를 튕겨 조율을 끝낸 윤이설이 민호를 바라봤다. 전혀 사심이 없는 눈길에 당황에 빠져 있던 민호도 어느 정도 가슴이 진정됐다.

그렇게 깎아봤자 10승.

열쇠고리가 있는 이상 30분 정도만 더 고생하면 될 문제에 불과했다. 이런 협상에 굳이 윤이설을 이용할 필요는 없었다. 그녀로 이득을 취하려 했던 자신이 부끄러워진 민호가 조용히 대답했다.

"부탁해."

윤이설은 구경하던 이들을 향해 방긋 웃었다.

"곡명은 '다시 한 번'이에요. 어떤 은인이 편곡에 도움을 주셨죠."

민호는 그러지 말라며 카메라가 보이지 않는 쪽에서 다급히 고개를 휘저었다. 그 편곡은 Once라는 공간에서 오로지 윤이설만 가능한 것이라 좋게 소문나도 좋지 않다.

"후후. 알았어요, 알았어."

민호를 바라보는 윤이설의 눈이 초승달을 그렸다.

그르릉~

기타반주를 타고 흘러나온 윤이설의 목소리가 모두의 귓가에 감미로운 멜로디를 선사했다.

"노래 좋다."

"누구야? 진짜 잘하는데?"

구경하던 이들이 감동에 젖어드는 사이, 민호도 살며시 눈을 감고 3분간의 음악여행 속에 빠져들었다.

짝짝짝!

윤이설이 노래를 끝마쳤을 때는 오락실 구석의 작은 공간이 라이브 무대로 돌변한 상황이었다.

앙콜을 외치는 구경꾼들 틈에서 윤이설은 들려드릴 곡이 아직 하나밖에 없다며 죄송하다는 표정을 지었다. 앨범용으로 작업 중인 과거의 곡들은 '다시 한 번'만큼 확실하게 다듬지 못한 까닭이었다.

"아무거나 해줘요!"

"그래요, 누나! 한 곡만!"

열기가 쉬이 잠재워지지 않아 윤이설이 어찌할 바를 모르고 민호를 바라봤다.

그냥 일어나면 그만이나 착한 그녀의 성격상 계속 미안해할 것이 분명했기에 민호도 고민했다.

'놀이터에서 들은 그 곡이라면 괜찮을지도.'

사람들이 저렇게 원하는데 한 곡 정도야 같이 해줘도 되겠다 싶었다. 민호는 윤이설 옆으로 다가섰다.

"하모니카 있어?"

"여기요."

윤이설이 기타 케이스에서 하모니카를 꺼냈다. 민호는 하모니카를 받아 들자마자 잠시 잊고 지낸 연주에 대한 기대감이 샘솟음을 느꼈다.

"그때 부른 노래 있지? 반짝이는 별. 나도 기억을 되살릴 겸 해보자."

"좋죠!"

전혀 계획에 없던 듀엣이었다. 그러나 윤이설은 긴장은커녕 신나서 자세를 잡았다. 옆에 자리한 민호가 그녀에게 눈짓했다.

퉁퉁퉁! 착~

기타 몸체를 두드리는 리드미컬한 박자와 함께 노래가 시작됐다.

하모니카와 윤이설의 허밍이 어울려 매혹적인 전주가 흘러나오자 구경꾼들은 단번에 음악에 심취한 관객이 되어 잠잠해졌다.

오락실 기계들에서 울리는 요란한 BGM마저 이 노래를 위한 코러스가 된 것만 같은 몰입감. 민호는 한음한음 아끼는 마음으로 하모니카를 불었고, 윤이설은 행복한 웃음으로 노래를 이어나갔다.

"대박. 이걸로 이번 화 프로모션 영상 뽑으면 반응 엄청나겠는데요?"

조연출의 말에 휴대폰 게임에 빠져 있던 도 PD가 고개를 돌렸다.

"뭐가?"

"헐, PD님! 뭐하고 계신 거예요? 민호 씨가 대박 게스트 초대했잖아요."

"흠."

도 PD는 별 감흥 없는 눈초리로 민호와 윤이설을 살폈다.

"잘하네. 오락실에 강림한 여신과 그녀의 기사. 자막 땅땅 박으면 되겠어."

"자막이 어째 좀 그런데요?"

노래가 끝나자 구경꾼들은 전보다 더 크게 환호했다. 민호는 소리가 잠잠해지길 기다렸다가 말했다.

"더 듣고 싶으신 분은 오늘 저녁 음악의 거리로 오세요. 윤이설 양의 공연이 6시 타임에 있습니다."

깨알 같은 홍보에 윤이설은 부끄러워하면서도 민호에게 감사의 미소를 보냈다.

민호는 철투 자리에 앉았다.

"생각보다 빨리 끝낼 것 같으니까 아예 끝내고 Once에 가자."

심기일전한 민호의 철투대전에 오후 2시가 넘어갈 무렵 60승이 쌓았다. 이때부터 옆자리에서 윤이설도 함께 대전했는데 그녀가 승리하면 2승으로 쳐달라는 민호의 제안에 제작진은 흔쾌히 허락했다.

여자가 잘해봤자 얼마나 잘하겠느냐는 안일한 생각이었다.

그리고.

"얏호!"

그녀가 연속 5판을 승리로 가져가자 뜨끔한 조연출이 재빠르게 고수를 투입했다. 지난 시즌 철투대회 우승자이자 절대 패할 리 없는 초고수가 인터뷰를 시작했다.

승리한 윤이설에 하이파이브를 해주고 있던 민호가 그것을 보고 한마디 했다.

"척 봐도 상대 안 될 게 뻔한데 제 쪽으로 붙여요. 게임이 돼야 그림이 나오죠."

조연출은 못 들은 척 귀를 닫고 고개를 돌렸다. 윤이설은 괜찮다는 듯 민호의 팔을 붙잡았다.

"지면 지는 거죠. 한수 배운다는 마음으로 해볼게요, 오빠."

"하, 착해 착해."

"후후."

목표 달성을 위한 승은 충분한 까닭에 민호는 수긍하고 물러났다.

초고수는 윤이설의 중국 소녀를 상대로 브라질의 레게머리 캐릭터를 골랐다. 그리고 처음부터 그녀를 강하게 몰아붙여 승리를 가져갔다.

"우와, 정말 잘하시네요."

1라운드를 패한 윤이설이 활짝 웃으며 상대를 바라봤다. 봄눈 녹듯 녹아내릴 수밖에 없는 그 웃음에 승리에 집착하던 초고수의 의지는 단번에 격파됐다.

"아하하. 그렇습니까?"

"이 안에서 제일 잘하시는 거 맞죠? 잘 부탁해요."

초고수는 어느새 윤이설의 따라 배시시 웃게 됐다.

"아닙니다. 실력 차이가 차이니만큼 발은 안 쓰는 걸로 하죠."

초고수는 그도 모르게 이런 말을 내뱉었다. 그러나 그가 하는 캐릭터는 '카포에라'라는 발기술을 주로 쓰는 캐릭터. 당연히 연속 3라운드를 패해 승을 그녀에게 넘겨주고 말았다.

"고마워요, 봐주셔서."

"아닙니다. 실력으로 못 당하겠습니다. 아하하!"

머리를 긁적이며 사라지는 초고수의 모습에는 조연출도 속수무책일 수밖에 없었다.

"도 PD님, 이대로라면 금방 끝나요. 방법을 찾아야……."

고개를 돌린 조연출은 모니터석이 휑한 것을 보고 말문이 막혀왔다.

노래 부를 때는 꿈쩍도 하지 않던 도 PD가 단지 게임을 잘한다는 이유만으로 윤이설의 뒤에 서서 응원을 하고 있던 것이다.

조연출은 결단을 내렸다.

"마지막 10승은 민호 씨 혼자 가죠."

"아냐."

구경꾼들 틈에 섞여 있던 도 PD가 고개를 흔들며 다가왔다.

"민호를 그만하라고 해. 남은 10승은 그녀로 간다."

"네?"

조연출은 잘못 들었나 싶어서 도 PD를 쳐다보았다.

"너는 시청자가 원하는 게 뭔질 몰라."

"원하는 게 뭔데요?"

"게임 잘하는 여자."

"제가 생각하는 시청자랑 PD님이 생각하는 시청자가 좀 다른 거 같습니다."

도 PD는 조연출의 말을 한귀로 흘려들은 채 윤이설에게 계속하라는 손동작을 보였다.

오후 3시가 되기 전에 윤이설이 마지막 참가자를 이겨 100 승이 달성됐다. 뒤에 있던 민호가 환호했다.

'켠김에 클리어. 게임기 켠 지 5시간 48분. 철투 100승 달성했으니까 끄읏~ 다음 시간에 만나요~'

실제 방송에 나갈 아나운서의 멘트가 민호의 머릿속에서 자동 재생되어 떠올랐다.

"잘했어, 이설아! 최고야 최고!"

민호는 손을 번쩍 치켜들고 오락실이 떠나갈 듯 좋아했다. 단지 게임 1시간 즐겼을 뿐인데 무척 즐거워하는 민호의 반응에 윤이설은 속삭이듯 물었다.

"정말 잘된 거 맞죠?"

"그럼. 이 프로에서 한 끼만 먹고 퇴근하는 게 얼마나 힘든 건데. 아이고, 이쁜 것!"

윤이설은 그녀의 머리를 쓰담쓰담 하는 민호를 흘끔 올려다보며 수줍은 기색을 띠었다.

"이제 Once로 가 볼까?"

"네, 오빠."

목표를 클리어하면 그 즉시 쿨하게 촬영을 접는 게 '견김에 클리어'의 방식이었기에 뒷정리가 곧바로 이어졌다.

윤이설이 기타를 챙기는 동안 민호는 열쇠고리를 돌려주기 위해 손에 쥐었다.

도 PD는 철투기계 앞에 앉아 외국 소녀 캐릭터를 떠나보내기 위한 이별의 한판을 즐기고 있었다.

"이거 정말 도움 많이 됐어요, 도 PD님."

"너도 수고했어. 철투 그 정도 하는 줄 알았으면 200승은 해야 했는데."

"무시무시한 소리 마세요."

"윤이설 씨한테도 출연 감사하다고 전해줘."

"넵."

열쇠고리를 꺼내 도 PD옆에 올려놓던 민호는 캐릭터 인형의 눈동자에 시선이 머물렀다. 당장에라도 자신을 빨아들일 것만 같은 공허의 눈길. 붕대로 가려져 있던 한쪽이 드러나면 안티 AT 필드를 내뿜을 것만 느낌이 들었다.

[넌 죽지 않아. 내가 지키니까]

캐릭터의 말에 민호는 고개를 끄덕이며 대답했다.

"도움 고마웠어. 내가 진심이 되게 만들다니. 이별? 잠시 안녕이라고 해두자. 이런 말을 내뱉는 내가 참 밉겠지만……크헙!"

말을 내뱉던 도중 민호는 급히 입을 막았다. 내내 참고 참았던 열쇠고리의 영향력이 방심한 틈을 타 '중2병'스러운 대사로 튀어나오고 말았다.

도 PD는 양손으로 레버를 조작하며 별 감흥 없는 눈길로 민호를 바라봤다.

"뜬금없이 덕밍아웃 하는구나, 닝겐."

"뀨?"

라고 자신도 모르는 언어로 되묻자마자 민호는 소스라치

게 놀라 열쇠고리에서 손을 뗐다. 다행스럽게도 카메라는 철수한 상황. 보는 이는 도 PD 하나였다.

"저…… 가볼게요. 오늘 대화는 없었던 일로 좀."

"뭘 부끄러워 해. 용기 생기면 말해. 내가 좋은 물건 소개시켜 줄 테니까."

"아니에요. 그럼."

황급히 물러나는 민호를 보며 도 PD가 손을 흔들었다.

"바이바이."

윤이설과 함께 오락실을 나서며 민호는 도 PD 옆에 자리해 있는 열쇠고리에 시선이 머물렀다. 멀리서 보면 그저 귀여운 캐릭터 인형일 뿐이지만 전혀 접해보지 못한 심오한 세계를 경험하게 해준 물건.

'사요나라, 레이.'

오후 3시 30분, 카페 Once는 한적했다.

뮤지션들의 공연 타임은 늦은 밤이었기에 카페 매니저에게 무대 사용 허락을 받아낸 민호와 윤이설은 바로 프로듀싱 작업에 들어갔다.

"여기서부터 기타 퍼커시브로 웁따웁따 박자감을 살리고,

드럼이 둠칫두둠칫 따라가 주면~"

민호는 무대 바로 앞에 서서 이따금 어설픈 악기 소리를 흉내 내며 음악에 심취해 있는 중이었다. 신곡을 멜로디만 짚어서 연주하고 있던 윤이설은 환상에 빠진 듯 허공에 손을 휘젓는 그를 보며 웃었다.

"됐어."

이윽고 환상에서 깨어난 민호가 말했다.

"이 노래는 네 감성을 살리는 방향으로 가는 게 좋겠어."

"제 감성이요?"

"이설이 네 매끄럽고 예쁜 목소리를 선명하게 들을 수 있게 해주는 게 베스트 같아."

민호의 목소리 칭찬에 윤이설이 얼굴을 붉히는 사이 편곡 방향은 물 흐르듯 정해졌다.

"가만있자. 악기는 기타와 드럼, 신디 정도만 간소하게. 회사에서 악기연주자 섭외했다고 했지? 어쿠스틱한 느낌을 살리겠다고 말씀드려."

본격적으로 곡에 대한 이야기가 진행되자 시간은 순식간에 지나갔다.

"……보컬을 다른 요소로 분산시키지 말고 섬세하게 불러야 할 지점과 애절한 느낌을 극대화할 지점만 나누는 거지."

"어쩜! 오빠는 어떻게 저보다 제 노래를 더 잘 알아요? 제가 어설프게 의도했던 걸 훨씬 세련되게 다듬어 주는 느낌이에요."

"응? 그냥 어쩌다 보니⋯⋯."

"신기해요 진짜. 음악 공부는 어떻게 하신 거예요?"

"그건 말이지, 이설아."

민호는 쏟아지는 윤이설의 감탄에 머리를 긁적였다. 윤이설이 Once 주인의 아내와 음악 성향이 똑 닮았기에 저절로 가능해진 것뿐인지라 딱히 할 말이 없었다.

"음악이 좋아서 그래."

"또 그 소리!"

"사실인걸. 다른 사람 거는 네 음악만큼 못 봐 내가."

"제 음악만인 거죠?"

그녀의 표정이 확 밝아졌다고 느껴지는 건 착각일까? 민호는 5시가 다 되어가는 시계를 가리켰다.

"이제 1시간 남았으니까 얼른 가서 리허설 준비해."

"보고 가실 거죠?"

기대감이 뒤섞인 눈길로 바라보는 윤이설. 민호는 싱긋 웃으며 대답했다.

"그럼. 누구 무대인데."

"다행이다. 잠깐만요, 오빠. 줄 게 있어요."

윤이설은 주머니에서 무언가를 꺼내 내밀었다.

"짜잔!"

그녀의 손에 올라온 건 그녀가 손수 만든 초대장이었다.

-HY뮤직 거리 공연. 프로듀서 강민호와 함께하는 윤이설의 특별 이
벤트! 18:00에 시작됩니다.

손바닥만 한 카드에 공연장 위치와 공연 시간이 깨알 같은
글씨체로 쓰여 있었다. 한쪽에는 기타를 치는 윤이설과 지휘
하는 민호까지 아기자기한 그림으로 자리했다.

이건 초대장이라기보단 오히려 정성 들여 쓴 편지 같은 느
낌이 났다.

"오전에 시간 내서 만들어 봤어요. 오빠 안 온다고 하면
그거 쥐어 주고 우겨 보려고 했었죠. 헤헤."

의도를 술술 밝히는 윤이설이 마음 씀씀이가 귀여워 민호
의 입가에도 미소가 번졌다.

편지를 받아본 기억이라고는 군 복무 때 이름 모를 초딩이
보낸, '국군 아저씨 안녕하세요'가 전부인 그에게 이것은 단
순한 초대장 그 이상의 기분 좋은 선물이었다.

"무슨 프로듀서야. 그냥 동네 오빠지."

"아니거든요."

"아무튼 고마워."

윤이설은 기타를 어깨에 메고 무대에서 폴짝 뛰어내렸다.

그러다 균형을 잡지 못해 "으앗!"하고 뒤뚱거렸다. 무의식적으로 지탱할 것을 찾아 허우적거리던 그녀의 팔을 민호가 재빨리 붙잡았다.

"가만 보면 허당이야 너도."

"죄송해요."

민호는 홍당무가 되어 고개를 푹 숙이는 윤이설의 등에서 기타를 빼냈다.

"내가 들어다 줄게."

"괘, 괜찮아요."

"가다가 넘어지면 무대도 못 선다 너. 내 프로그램 도와주러 왔다가 괜히 몸 상해서 가면 나도 면목 없지."

성큼 걸어 나가는 민호. 그의 등을 물끄러미 보고 있던 윤이설은 의도한 건 아니었지만 뜻밖에 근사한 결과가 찾아오자 손을 작게 말아 쥐고 "좋았어!"를 외쳤다.

"뭐해? 1시간 남았어."

"가요!"

카페 문을 열고 민호가 소리치자 윤이설은 허겁지겁 뒤따랐다.

홍대의 거리 공연 장소에는 벌써 사람들이 꽉 들어차 있었다. HY뮤직에서도 인지도 높은 가수들이 출연하는 터라 소문을 듣고 찾아온 팬들이 상당수였다.

무대 트럭 앞에 사람들이 잔뜩 진을 치고 있던 까닭에 민호는 멀찌감치 돌아서 트럭 뒤편의 간이 천막으로 향했다. 걸으며 트럭에 붙은 출연진 플래카드를 살펴보았다.

"오늘 효령이 누님도 나오시네. 한때 열렬한 팬이었지."

"효령 선배님 저한테도 되게 잘해주세요. 좀 더 친해지면 제가 소개시켜 드릴까요?"

"아냐. 그럴 필요 없어. 한겨울에도 무지 춥게 입어줘서 고딩시절 굉장히 고마워한 게 전부니까. 지금은 그런 고마운 아이돌이 넘쳐나거든."

"춥게요?"

윤이설이 풋 하고 웃었다. 간이천막 앞에 선 민호가 그녀에게 기타를 건넸다.

"이설이 너는 겨울에도 여름에도 따뜻하게 입고 다녀. 그래도 충분히 사람들이 좋아할 테니까."

"땀 뻘뻘 흘려도요?"

"뻘뻘 흘려도."

"그럴게요. 후후."

"무대 잘해."

"넷!"

힘차게 외치고 손을 흔들며 사라지는 윤이설. 민호는 같이 손을 흔들어 주고 돌아서다 바로 뒤에서 자신을 똑바로 주시하고 있는 사내를 보고 움찔 놀랐다. 이 많은 사람들 가운데서 유독 자신만을 노려보고 있던 것이다.

'오다가 나도 모르게 툭 친 건가?'

반듯한 슈트 차림에 서른 초반의 남자가 민호에게 다가섰다.

"강민호 씨 맞으시죠?"

"절 아세요?"

"HY뮤직 정경민이라고 합니다."

상대가 내민 명함을 받아 든 민호는 프로듀서라고 적혀 있는 직함을 보고 의아함을 느꼈다. 그리고 그 의아함은 정경민이 꺼내 든 휴대폰 화면을 보고 약간의 놀람으로 바뀌었다.

화면에선 낮에 윤이설과 듀엣으로 연주하던 장면이 직캠으로 흘러나오고 있었다. 동영상 조회수도 몇 시간 흐르지 않은 것에 비해 상당히 높았다.

"윤이설 씨에게서 손을 떼 주셨으면 합니다만."

———

Object : 도 PD의 캐릭터 열쇠고리.

Effect : 망상 속 그녀들과 관련된 분야에서는 뛰어난 능력을 발휘한다.

16.
더 스마트, 프롤로그

　민호는 휴대폰 속 윤이설과의 듀엣 동영상에서 시선을 떼지 못했다.

　"잘 찍혔네."

　화면이 흔들리는 조악한 직캠이었으나 윤이설의 외모만은 빛났다. 덕분에 그 옆에서 하모니카에 심취해 있는 자신까지 돋보일 정도였다.

　'훗. 진짜 뮤지션 같잖아.'

　잠시 자기도취에 상태에 있던 민호는 이것을 공 매니저나 임소희 사장이 보면 어떤 반응이 나올지를 떠올리곤 업된 기분을 수습했다. 취미라고 잘 둘러대면 되겠지만 믿어주는 것도 한계가 있으니까.

"이거 조회수 계속 오르네요."

"뭐하는 겁니까?"

화면을 터치해 새로고침 하는 민호의 행동에 정경민이 어이없어하며 휴대폰을 낚아챘다.

민호는 느긋하게 감상을 마친 뒤에 정경민에게 고개를 돌렸다. 그리고 조심스레 물었다.

"프로듀서시라고요? 혹시 이번에 '반짝이는 별' 프로듀싱 하려다가 이설이한테 까인 그분?"

"말조심하십시오!"

발끈하는 반응에 민호는 확신할 수 있었다.

정경민은 착 가라앉은 눈빛으로 민호를 바라봤다. 아침부터 윤이설을 위한 빅밴드를 화려하게 준비했다가 대차게 거절당한 이후 종일 발만 동동 구른 그로서는 강민호를 보자마자 화부터 나오지 않을 수가 없었다.

"손을 떼실 건지 아닌지. 의사를 확실히 밝혀 주십시오."

"그걸 왜 물으시는지 모르겠네요."

"'다시 한 번'에 이어서 앨범 타이틀로 점찍은 '반짝이는 별'까지 관여해 놓고 발뺌입니까?"

민호는 이상하다는 듯 되물었다.

"HY뮤직과의 계약 관련해서 들은 바로는, 곡 작업에 대한 권한은 전적으로 이설이에게 있다던데. 아닌가요? 싱어송라

이터로서의 그녀를 있는 그대로 대중에게 보여주겠다고 사장님이 굳게 약속까지 하지 않으셨나요?"

입술만 부들부들 떨 뿐 아무런 대답을 하지 못하는 정경민을 보며 민호는 대강의 상황을 짐작했다. 프로듀싱 방향이 안 맞는다더니 윤이설이 그 부분을 확실하게 정리하지 못한 것이 틀림없었다.

'다음에 같이하잔 정도로 두루뭉술하게 거절했겠지.'

민호는 딱 잘라 말했다.

"착각하시나 본데, 일부로 그쪽 물 먹이려고 관여한 게 아닙니다. 이설이가 만든 곡이니 이설이가 알아서 할 일이죠. 제가 봤을 때는 이렇게 따질 시간에 이설이 마음에 드는 곡의 방향성을 고민해 보시는 게 어떨까 싶네요."

Once에서 윤이설의 노래와 환상을 함께 경험하는 건 그 어떤 음악 감상보다 생생한 감동을 안겨다 주는 일이었다. 때문에 윤이설이 도와달라고 하면 민호는 언제든 도와줄 생각이었다.

"뒷공작하지 말고 실력으로 승부하라 이겁니까?"

사나운 눈초리였던 정경민은 이내 굳은 표정을 풀고 짧은 한숨을 내뱉었다.

"알겠습니다. 저희 사장님께 그대로 보고해 드리죠."

"보고야 그쪽 회사 일이니 알아서 하세요."

"수익배분 문제는 저희 회사 방침상 편곡자에게 주는 평균인 20%에서 고정될 겁니다."

네네 하며 대수롭지 않게 고개를 끄덕이던 민호가 멈칫했다.

"수익배분이라니요?"

이번에는 정경민이 의아한 눈으로 바라봤다.

"'다시 한 번'싱글이 곧 발표됩니다. 편곡자로 강민호 씨 이름이 들어가니 당연히 수익배분이 이어져야죠. 민호 씨 소속사에 정식으로 계약서를 넣은 상태입니다. 이제 '반짝이는 별'도 똑같이 해야겠군요. 혹시 다른 곡도 관여하신 부분이 있으시면 미리 말해 두세요. 번거롭지 않게."

금시초문인 말이었다. 지난번 통화에서 혼자 알아서 팔라고 했는데도 윤이설이 HY뮤직에 자신의 이름을 댄 것일까? 그럴 필요까지는 없는데.

'하, 이설이 이건 착해서 탈이야.'

사계절 형님들 아니었으면 백 퍼센트 소속사에 뜯겨 먹었을 것이란 생각에 민호는 속으로 혀를 찼다. 공연 끝나고 단단히 교육 좀 시켜 놔야겠다.

'가만.'

민호는 정경민의 말 중에 한 부분이 걸려 물었다.

"제 소속사에 정식 계약서를 보냈다고요?"

정경민은 음원 개념이 전혀 잡혀 있지 않아 보이는 민호를 기가 막힌다는 듯 쳐다보았다.

"편곡 한두 번 해본 것도 아니실 텐데 왜 모른 척하십니까?"

한두 번 해본 게 맞으니까. 그랬기에 민호는 별말 없이 정경민의 설명을 기다렸다.

"싱글을 민호 씨 버전으로 내면서 윤이설 씨가 작곡자 5, 편곡자 5의 비율을 고집하시기에 불가하다 말씀드렸습니다. 저희 회사에서는 유통비를 제외하고 작사 4, 작곡 4, 편곡 2의 비율로 분배받는 게 일반적입니다. 이 곡 같은 경우 윤이설 씨 혼자 작사 작곡을 했기에 8 대 2가 되겠죠."

"음원을 팔게 되면 이설이 수입의 20%를 제가 받게 된다 이 말이죠?"

"세금 떼고 18% 정도 될 겁니다."

정경민은 얘기 끝났다는 듯 등을 돌렸다. 인사도 없이 돌아가려던 그는 다시 고개를 돌려 한마디를 남겼다.

"다음 곡은 절대 제 프로듀싱을 마음에 들어 할 테니 이름 올릴 생각 꿈에도 꾸지 마십시오."

"힘내세요."

'두고 봅시다'의 눈길로 한차례 쏘아본 정경민이 쌩하니 사라졌다. 민호는 짧게 손을 흔들어 보이고 새로운 걱정거리에 빠졌다.

회사 차원에서 편곡 수입에 대한 계약서가 오간 이상 임소희 사장의 귀에도 분명히 들어갔을 터. 이번 동영상도 이상 건과 연주했던 것에 비해 조회수가 꿀리지 않을 것은 분명해 보였다.

당연히 돌아올 것은 음악프로에 대한 압박일 것이다.

'이걸 어떻게 빠져나간다?'

고민에 잠긴 사이 무대 트럭이 열리며 첫 번째 순서가 시작됐다.

공연 시작 30분 뒤.

"안녕하세요, 윤이설입니다."

윤이설이 무대에 올라 꾸벅 인사하자마자 박수가 잔잔하게 울려 퍼졌다. 개중에는 오락실 안에서의 깜짝 공연에 반해 이곳까지 따라온 사람들도 있었다. 그들이 "철투여신!"을 외치며 크게 연호하자 그녀에 대해 잘 모르는 사람들은 웃음을 흘렸다.

기타 세팅을 끝마치고 앉은 윤이설이 관객들을 돌아보았다. 누군가를 찾는 눈길. 양손을 휘저으며 광적으로 좋아하는 사내들은 아니었다.

윤이설은 관객무리 저편에서 팔짱을 끼고 서 있는 한 사람을 발견했다. 그녀도 모르게 방긋 미소가 그려졌다. 민호가 어서 노래나 하라고 마이크를 가리켰다.

"'다시 한 번'을 기대하신 분들에겐 죄송하지만, 오늘은 신곡 '반짝이는 별'을 준비했어요."

"아무거나 좋습니다!"

사내 무리에서 누군가 소리치자 관객들이 폭소했다. 윤이설은 고개를 돌려 신디와 드럼 연주자에게 눈짓으로 신호했다.

"둘, 셋~"

그녀의 손끝이 기타의 현을 퉁퉁 눌렀다. 그것만으로도 청량한 음이 울려 퍼져 민호가 하모니카로 덧붙여 주던 감미로운 선율을 그대로 재현해 냈다. 단지 그것뿐이었음에도 관객들은 그녀의 새하얗고 가지런한 손끝의 움직임을 기대감이 가득한 눈길로 집중했다.

그리고 시작된 콧노래.

스피커에서 진동하는 멜로디 하나하나가 관객들의 귓가를 파고들었다. 보이지 않음에도 반짝거리는 음표 허공을 떠다니는 것만 같은 황홀감에 취해 있기도 잠시. 그녀가 노랫말을 읊었다.

가슴 깊은 곳을 찌르르 울리는 목소리는 그 자체로 악기가 되어 모두의 가슴을 두근거리게 만들었다. 관객 모두 숨을 죽인 채 윤이설의 음악이 선사하는 아름다움에 흠뻑 젖어들었다.

"좋다~"

누군가 마법에 걸린 것처럼 중얼거렸다. 이 이상의 찬사는 사족에 불과하다는 것에 동감한 주위 사람들도 말없이 고개를 끄덕이거나 그저 음악을 즐겼다.

어느샌가 들어와 곡을 보조하는 드럼과 신디의 간주가 지나가고 끝나지 말았으면 하는 2절도 아쉽게 흘러갔다.

지켜보고 있던 관객들도, 이게 무슨 행사야 하며 거리를 지나가던 행인들도. 이 순간만큼은 모두 무대 위의 그녀에게 시선을 빼앗기지 않을 수가 없었다.

노래에 푹 빠져든 윤이설의 열창이 후렴구의 대미를 장식했다. 마지막 마디가 끝나자 벅찬 감동을 느낀 이들의 박수갈채가 쏟아졌다.

환호소리가 그녀 전에 공연했던 어떤 가수들보다 컸다.

호흡을 고르던 윤이설이 자리에서 일어나 고개를 숙였다.

"감사합니다."

무대에서 내려온 윤이설에게 HY뮤직의 선배들이 몰려왔다.

"잘했어, 이설아."

"역시 다크호스야."

특히 앞서 무대를 섰던 효령은 양손 엄지를 치켜들며 감탄했다.

"노래 대박. 편곡 때문에 끙끙대더니 완전 좋은데?"

"헤헤, 그죠?"

"너 도와줬다던 그 편곡자 나도 어떻게 안 될까? 로열티 두둑하게 줄게."

"그건 민호 오빠가 못 박으셔서 안 될 거예요. 이런 부분은 철저하시거든요."

"아섭네. 이설이 너라도 나중에 내 곡 좀 도와줘. 정 프로듀서는 센스가 좀 그래."

윤이설은 효령의 뒤편으로 정경민이 씁쓸한 표정을 짓고 있는 것을 확인하고는 그저 웃기만 했다.

"윤이설 씨."

정경민이 다가와 옆에 서자 뜨끔한 효령이 얼른 인사하고 떠났다.

"확실히 이런 식의 편곡이 윤이설 씨에게 어울려 보입니다. 분하지만 강민호 씨가 윤이설 씨 앨범 프로듀싱을 맡는 게 나아 보이는군요."

"사장님이 허락하실까요?"

"이 곡 들어보시면 강민호 씨 스카웃하라고 난리 피우시겠죠."

"그건 힘들 거예요. 민호 오빠 몸값이 장난 아니거든요."

윤이설은 대화 도중 휴대폰이 진동하는 것을 느끼고 꺼내

들었다.

[공 매니저님 오셔서 회사 들어가 봐야 해. 무대 잘 봤어. 예쁘더라.]

다른 누구의 환호보다 기쁜 한마디였다. 빙긋 웃은 윤이설은 정경민에게 양해를 구하고 얼른 천막 밖으로 고개를 내밀었다. 그러나 그녀를 알아본 이들이 손을 흔들며 소리를 질러대는 통에 민호가 떠나는 모습은 볼 수 없었다.

"치이, 이런 날 아니면 만나기도 어려운데."

지이잉.

문자가 하나 더 왔다.

[그리고 너. 오빠가 편곡 대가 같은 건 필요 없다고 했지? 그러면 돈 때문에 도와준 것 같잖아. 네 음악이 좋아서라니까. 조만간 확실히 교육해야겠어. 언제 시간 돼?]

울상을 짓고 있던 윤이설의 얼굴이 활짝 피었다.

'음.'

민호는 KG엔터 사옥의 사장실 앞에 멈춰 헛기침했다.

주말이라 비서도 출근하지 않았다. 고정 프로가 대체 뭐기에 임소희가 여태껏 자신을 기다린 건지. 공 매니저는 오는 내내 즐거워했지만, 민호는 아무래도 부담 백배였다.

똑똑.

"강민호입니다."

조심스레 문을 열고 들어섰다. 그리고 벽면 모니터에 떠 있는 동영상을 확인한 민호는 뜨끔하고 말았다. 오늘 갓 올라온 윤이설과의 오락실 듀엣 동영상이었다.

"어서 와요, 민호 씨."

여느 때처럼 커리어 우먼의 복장을 하고 쇼파에 앉아 있던 임소희가 고개를 돌렸다.

"동생한테 들어보니 선물한 차 대신에 다른 걸 타고 가셨다고 하던데요?"

"마음에 드는 게 있어서 말이죠. 그래도 괜찮나요?"

"상관없어요. 민호 씨가 스스로 따낸 T브랜드 계약건의 인센티브 격이니까. 클래식카에 관심 있는 줄 알았으면 그곳 말고 다른 곳 소개해 드리는 건데 그랬어요."

"아니에요."

'다른 곳에 갔으면 우리 붕붕이를 못 만났겠지.'

민호가 자리에 앉자마자 임소희는 기다렸다는 듯 듀엣 화면을 가리켰다.

"HY뮤직에서 흥미로운 계약서가 왔더군요."

"그 얘기라면 말이죠. 아는 동생을 도와주다……."

본격적인 변명을 시작하기도 전에 임소희가 말을 잘랐다.

"본래 회사에서 기획되지 않은 외부 활동을 개별적으로 할수는 없어요. 민호 씨는 KG와 독점 계약되어 있고, 이 HY와의 계약서는 위반사항이 될 수 있거든요. 다행히 HY측에서도 그걸 알고 민호 씨 개인이 아니라 회사로 연락했더군요."

임소희는 흘러나오던 영상을 정지시키고 말을 이었다.

"일단 사과부터 드릴게요."

뜬금없이 고개를 숙이는 임소희에 민호는 눈이 휘둥그레졌다.

"제가 민호 씨의 잠재력을 너무 과소평가했어요. 단순히 프로급의 연주 실력만 있는 게 아니라 곡의 매력을 살리는 편곡센스까지 겸비했을 줄은 예상치 못했어요. 윤이설 씨의 곡뿐만 아니라 이상건 씨의 곡도 편곡에 참여했다고 하던데 사실인가요?"

이상건의 곡은 배철환의 헤드폰으로. 윤이설의 곡은 Once 안에서. 단순히 음악을 즐기다 두 사람에게 관여하게 된 것뿐 편곡센스라 부를 건덕지도 없었다.

떨떠름한 표정을 짓는 민호에게 임소희의 난감한 질문은 그치지 않았다.

"어제 방송된 연예 프로 인터뷰도 반응이 상당하더군요. 청춘일지에 또 나와 달라고 시청자 게시판에 글이 폭주했다고 하네요. 나 PD가 직접 가을 추수 특집 때 민호 씨 단독 게스트로 출연해 줬으면 하던데. 민호 씨 생각은 어때요?"

어떻게 거절하고 어떻게 변명해야 할지 짧은 시간 동안 숱하게 고민하던 찰나, 임소희가 부드럽게 웃으며 말했다.

"어떤 일을 맡겼을 때 언제나 표준의 성과 이상을 내는 사람은 드물어요. 그런데 민호 씨는 매번 그 이상의 성과를 내죠. 신기하게도 말이에요."

속내를 꿰뚫어 보는 듯한 임소희의 눈빛은 매번 일에 대한 책임감을 갖게 한다. 얼핏 보면 '믿습니다'를 연발하는 공 매니저와도 비슷해 보였다.

몇 번 겪어봤지만 임소희의 머릿속에서 수도 없는 사업적 계산이 빠르게 이어지고 있을 것이다. 지금은 그 계산속에 과대평가로 말미암은 불이익이 생기지 않기를 바랄 뿐이었다.

"계약을 새로 할 때 민호 씨가 그랬죠. 본인이 이 사옥의 복도에 걸려 있는 사람들처럼 될 수 있느냐고."

민호는 그 당시 임소희가 투자해 볼 가치가 있다고 대답했던 것을 떠올렸다.

"혹시 그 질문 다시 해주실 수 있나요?"

"……제가 이 사옥의 복도에 걸려 있는 사람들처럼 될 수 있나요?"

지긋이 민호를 지켜보던 임소희가 고개를 좌우로 흔들었다.

"아니요."

기대와는 다른 대답에 민호의 귀가 쫑긋했다.

"KG엔터에서 배출한 그 어느 스타보다 인기를 끌 수 있다고 자신 있게 말씀드릴 수 있어요. 그러니 민호 씨는 앞으로도 지금만큼만 해주세요."

신뢰가 가득한 임소희의 말에 민호는 뿌듯한 부담감을 느끼며 고개를 끄덕였다.

"할 수 있는 만큼은 해보죠."

그러며 고민했던 것들에 대한 변명거리를 즉시 늘어놓았다.

"편곡센스라는 말은 과분한 칭찬이에요. 단지 상건이 형과 이설이의 음악 성향과 잘 맞아떨어진 것뿐. 그러니 전과 마찬가지로 음악과 관련된 일은 따로 잡지 말아주셨으면 좋겠어요. 취미일 뿐이니까."

"물론이죠. 저야 추천만 할 뿐 모든 스케줄을 강요할 생각 없어요."

"청춘일지는 거절입니다. 반짝인기를 노리는 정도는 다른 인지도 높은 예능에서도 충분할 테고. 같은 이미지를 굳이 또 소모할 필요는 없죠."

"맞는 말이에요. 나 PD에게는 좋게 거절해 둘게요."

말을 끝낸 민호는 속으로 안도의 한숨을 내쉬었다. 한시름 놓았다는 생각을 하다 사장실에 왜 왔는지를 그제야 떠올렸다.

"맞다. 고정 프로라는 게 어떤 거죠?"

민호의 질문에 임소희는 한껏 기대감이 어린 표정이 되었다.

"NTV에서 시즌제로 계획된 리얼리티 쇼프로예요. 민호 씨의 전문 분야라 할 수 있는 게이머란 직업군에 특화된 쇼기도 하죠."

잘 감이 오지 않아 물어보려던 찰나 임소희가 리모컨을 조작해 화면을 변경했다. 새 프로그램에 출연진 후보들의 리스트였다.

"변호사, 명문대 수재, 아나운서, 가수, 연기자, 도박사…… 화려하죠? 각계각층에서 천재적인 능력을 갖췄다고 평가받는 사람들이에요. 이 중에 엄선된 10인을 선정하죠. 그리고 리얼리티 쇼에 모여 게임을 통해 한 주씩 탈락자를 뽑는 거죠. 최종 우승자가 나올 때까지."

"무슨 게임을요?"

"그건 제작진에서도 극비에 부치고 있어요. 제 예상은 폭넓게 갈 것 같아요. 머리를 쓰거나 심리전을 펼쳐야 하거나 계산에 빨라야 하는 것 같은. 일반인도 할 수 있지만 천재들이라면 더욱 흥미 있게 풀어낼 수 있는 게임들. 민호 씨가 하는 프로게이머에게 필요한 덕목들 아닌가요?"

임소희가 화면을 넘겼다.

"아직 대외비지만 프로그램 제목도 입수했어요."

민호가 화면에 시선을 돌리자 '더 스마트 게임'이라는 제목이 금빛으로 치장된 주사위와 함께 떠올랐다.

"최종 승자가 됐을 때 획득 가능한 최대 상금이 10억이 넘는다고 해요. 단일 프로그램으로써는 국내 최대의 규모죠."

만만치 않은 사람 10인이 모여 전혀 색다른 게임을 플레이한다. 민호는 흥미가 동하는 것을 느끼고 물었다.

"엄선된 사람이라면 제가 거기 뽑히지 않을 확률도 있는 것 아닌가요?"

"걱정하지 마세요. 같은 방송국의 퀴즈쇼에서 화끈하게 우승한 덕분에 민호 씨는 1순위로 캐스팅됐으니까."

"살아남으면 10주간의 고정 프로가 되는 거군요."

"그렇죠."

임소희가 눈을 빛내며 물었다.

"어때요. 자신 있으신가요?"

민호는 어깨를 으쓱하며 대답했다.

"10주 뒤에 한 번 더 물어 보세요."

물론 그전에 탈락하면 알아서 묻지 않게 되겠지만.

그날 밤.

민호는 오랜만에 아버지 윤환에게 전화를 걸었다. 몇 개월 사이 얻은 호리병과 붕붕이를 자랑도 하고 궁금한 것도 물어볼 겸.

신호음이 가자마자 윤환의 퉁명스러운 목소리가 들려왔다.

─웬일이냐? 속도위반이라도 했어?

"아직 애인도 없다구요."

─손주는 되도록 빨리 보고 싶으니까 그런 일 아니면 전화하지 마. 바쁘다.

"맨날 집에만 계시는 분이."

─정말 별일 없나 보네. 끊어.

민호는 황급히 휴대폰에 대고 소리쳤다.

"존경해 마지않는 아버님! 제발 끊지 말아 주십시오!"

─오냐. 3분 주마.

"능력을 활용할 수 있는 물건 중에 말이죠. 유품은 만지니까 바로 사용할 수 없더라고요."

─유품 주인이 되는 꿈을 꿔본 거냐?

"진작 말해주셨으면 당황 안 했잖아요."

─네가 찾아내는 정도는 척 봐도 알지. 대충 해도 유품 주인에게 인정받을 수 있을 거 아니야.

대놓고 무시하는 윤환의 말에 민호는 울컥했다.

"물을 넣으면 궁극의 술 취화정으로 변신시켜 주는 호리병이 별거 아닌 물건 같으세요? 마시면 다음 날 가뿐하게 일어날 수도 있어요."

─술? 한잔만 먹어도 뻗더니 요즘은 주도에 취미 좀 붙였

나 봐. 아비가 좀 보태주랴?

"보태요?"

―뒷방 창고에 보면 와인병 있는데 여기에 물 넣으면 보르
도산 포도주 맛이 나. 샤또 알지? 위스키, 브랜디, 진 되는
술병도 거기 어디 굴러다닐 거야. 찾을 때 같이 챙겨가라. 나
는 뭘 먹어도 그냥 소주가 낫더라.

"……."

기운이 팍 꺾이는 보유 수준이었다. 두 달 전에 능력을 각
성해 이제 유품을 모으기 시작한 자신과 근 20년을 모아왔을
아버지와의 차이는 매우 컸다.

민호는 그래도 붕붕이라면 아버지의 금고에 들었던 물건
못지않으리란 생각에 말했다.

"차도 한 대 찾았는데요."

―맞다. 구식 비행기 찾아놓은 거 시골 땅에 처박혀 있는
데 한번 타볼래? 공군 레이더에 걸리면 격추될지 모르니까
그 동네 주위만 날아다녀. 망가질 수도 있으니 낙하산은 꼭
메고 타라.

민호는 순간 할 말을 잃었다.

"……저, 아버지."

―왜?

"들고 있는 거 몇 개만 파세요. 얼마면 됩니까? 10억이면

뭘 파실래요?"

-뭐 하러? 돈이야 차고 넘치는데.

"쳇."

씨알도 안 먹히는 윤환의 반응에 민호는 궁금했던 거나 물어보고 끊기로 했다.

"괜찮은 유품은 어디 가서 찾아요? 아버진 많으시니까 이제 저한테 비결 좀 밝히시죠."

-경매로 돌던 옛 물건들은 돌아가신 네 할아버지가 거의 다 쓸어 모으셨고, 최근까지 내가 남은 걸 거의 다 쓸었어. 그러니 전문 경매장 같은 데는 시간 낭비일 거다.

경매 사이트를 돌아봐도 그다지 쓸 만한 눈에 띄지 않던 이유가 이거였단 말인가.

-아, 그게 있었지.

전화 너머로 갑자기 생각났다는 듯한 윤환의 음성이 들려왔다.

-귀찮아서 안 가려고 했던 건이 하나 있는데 한번 가볼래?

"어딜요?"

-작년쯤에 아는 교수님이 작고하셨거든. 이 교수님 유산 중에서 자선경매로 넘어가는 물건들이 있어. 이런 말하기는 그렇지만, 이분 상당한 능력자였어. 그 회중시계 주인과 비슷했지.

회중시계라면 최근까지도 유용하게 사용하고 있는 물건이었다. 감정가 3억의 가치를 충분히 하고도 남는.

"주소 좀 알려 주세요."

─2천.

"네?"

─가는 게 있으면 오는 게 있어야지. 고급 정보를 공짜로 줄 수야 없지.

2천이라 했으니 2천 원은 아닐 테고. 말 한마디에 이렇게 남는 장사를 하다니.

"돈이야 차고 넘치신다면서요?"

─싫음 말고. 끊어.

"아, 알았어요. 알았어."

─입금하면 문자 날리마.

달칵.

"어휴."

민호는 아버지와 통화하면 약자가 될 수밖에 없는 신세를 한탄할 수밖에 없었다. 밤중에 스마트뱅킹으로 입금을 끝마치고 나자 문자 하나가 '띠링~'하고 도착했다.

[8월 13일, 오전 10시. K대학 인문대 회관. 내 이름 대면 지인 참여로 들여보내 줄 거다.]

'아직 3주나 남았네.'

비싼 정보긴 하지만 돈 가치에 대한 계산은 확실한 윤환이기에 괜찮은 물건 좀 건질 수 있으리라. 민호는 마음을 추스르고 취화정을 한 방울 삼킨 뒤 침상에 누웠다.

막 눈을 감았을 때였다.

휴대폰이 울려 아버지인가 하고 확인하니 낯선 번호가 떠 있었다.

—9898 차주 맞으시죠? 저 바로 옆에 사는 사람인데요.

"아, 네."

목소리가 몇 번 마주친 적 있는 옆집 아저씨였다. 택시기사라고 했던가?

"안녕하세요."

—지금 나가봐야 하는데 앞 공간이 없어서요. 차 좀 빼주시겠어요?

"잠시만요."

주차 스팟이 빡빡한 동네였기에 붕붕이를 가까이 놓아두려면 빠듯한 공간에 대 놓을 수밖에 없었다. 이 숙소에 배정된 공간은 게임단의 차량이 고정 주차되는 까닭에 사용하기 어려웠고.

"귀찮아도 좀 먼 데 주차해 놔야겠어."

침상에서 일어나던 민호는 머리가 핑그르르 도는 느낌에 비틀하고 말았다. 한 방울 먹은 취화정의 술기운이 온몸에 돌기 시작했다.

"끄흡."

눈꺼풀이 감겨오는 게 몸은 꿀잠을 자기 위한 준비를 끝마친 상태였다. 그래도 어쩌랴. 차는 빼줘야 하는 것을.

뺨을 탁탁 때리며 멀어지는 정신을 붙잡았다.

시동을 걸면 자동으로 깨어나는 레이서의 본능과 붕붕이의 도움이라면 3미터 정도의 운전이야 아무것도 아니다.

'실제로 물만 먹은 거잖아.'

민호는 이 상태로 운전하게 되면 뭐라고 불러야 할지 궁금증이 일었다. 혈중 알콜농도 제로 상태로 벌이는 전설의 음주운전이 가능할지도.

클래식카의 주위를 서성이던 이홍철은 앞유리에 붙어 있는 차주의 이름을 살피며 조금 놀라던 중이었다.

"게임만 하는 사람이라더니 잘나가나 보네. 외제차 타고 다닐 정도면 얼마나 버는 거야? 근데, 왜 이렇게 안 와."

끼이익.

대문이 열리며 츄리닝 차림의 민호가 걸어 나왔다. 이홍철은 곧장 자신 쪽으로 걸어오기에 차주라는 것을 직감하고 말했다.

"밤늦게 미안하게 됐어요. 갑자기 야간 운행을 나가게 돼서. 택시 일이라는 게……."

이홍철은 민호를 살피다 말문이 막히고 말았다. 시뻘건 눈에 비틀거리는 걸음걸이. 얼굴에 물을 잔뜩 묻히고 있는 것이 세수하고 온 모양이었으나 취기를 감추기엔 한참이나 모자랐다.

"금방…… 끄흡. 빼 드릴게요."

황당한 표정이 된 이홍철이 민호의 어깨에 손을 올렸다.

"이봐, 총각. 술 먹고 뭐 하는 거야?"

"오해 마세요. 취했지만 술을 마신 건 아니에요."

미친놈을 보는 듯한 눈길이 된 이홍철을 뒤로한 채 민호는 차문을 열었다.

"음주측정 해도 안 나오니 걱정…… 끄흡. 마세요."

시동이 걸린 차는 부드럽게 빠져나가 뒤차가 나갈 공간을 만들어 주었다. 게다가 자로 잰 듯이 거리 한쪽의 자그마한 공간에 주차까지 끝마쳐 버렸다.

밖에서 해롱거리던 것에 비하면 무척 깔끔한 주행이었기에 이홍철은 혀를 끌끌 차면서도 인정할 수밖에 없었다. 택시기사 20년 경력으로 볼 때 저 정도면 상당한 운전센스였다.

"음주운전 한번 기깔나게 하네."

이홍철이 차를 끌고 주차 공간을 빠져나왔다. 민호의 차 옆에 나란히 서서 창문을 열었다.

"총각. 밤에 깨워 미안하게 됐어."

민호도 창문을 열어 대답했다.

"뭘요. 제가 잘못 주차해 놓은 건데요."

"아무리 그래도 술 먹고 운전하면 안 되는 거야."

"죄송해요."

문을 열 때만 해도 충혈되어 있던 민호의 눈은 언제 그랬냐는 듯 원상복구되어 있었다. 이홍철은 그것에 놀라 물었다.

"어? 지금은 전혀 안 취한 것 같네."

"진짜 술을 먹은 건 아니니까요. 운전 조심해서 가세요. 저 앞 삼거리 쪽에 바닥이 살짝 들어간 곳 있던데, 그 차 범퍼가 닿을지 모르니까 피해 가셔야 할 것 같아요."

"그래?"

이홍철은 어두컴컴한 저편을 살펴보았으나 바닥은커녕 바로 앞도 희끄무레할 뿐이었다.

"아무튼, 야간에 이렇게 나갈 때가 잦으니까 주차할 데 없어도 내 차보다는 다른 차 앞에 세워둬."

"네, 아저씨."

"그럼."

인사하고 앞으로 달리던 이홍철은 백미러를 흘깃 살피다 눈이 커졌다. 민호가 다시 술에 취한 것처럼 비틀거리며 대문으로 향하고 있던 것이다.

"그 짧은 새에 안 취한 척한 거였어? 하여튼 젊은 것들이란 쓸데 없……."

덜커덩.

앞범퍼가 부딪히는 소리에 놀란 이홍철이 차를 세웠다.

삼거리의 아스팔트 한쪽이 움푹 들어가 있었다. 무슨 배관 작업이라도 하다 대충 메우고 간 것이 분명했다.

"아놔, 이 짜식들이 공사 제대로 안 해!"

범퍼에 기스가 난 것에 분노하던 이홍철은 방금 들은 민호의 말을 떠올리고 고개를 갸웃했다.

"저기서 여길 봤다고?"

눈이 아무리 좋아도 그건 무리다.

"설마, 낮에 본 걸 얘기해 준 거겠지."

이홍철은 고개를 저으며 차에 타 도로 저편으로 사라졌다.

7월의 마지막 주 목요일 아침.

민호는 숙소 밖에 대기하고 있던 공 매니저의 밴에 올라타다 낯선 사람을 마주하고 멈칫했다. 이십 대 초반의 청년이 차 안에서 벌떡 일어나 인사했다.

"오늘부터 코디를 맡게 된 김시완이라고 합니다! 각종 잔

심부름도 도맡아 할 예정이니 아무거나 시켜만 주십시오!"

목소리는 또랑또랑했으나 그 와중에 잔뜩 긴장한 것이 느껴졌다. 신입사원이 상사 앞에서 첫인사하는 느낌이었기에 민호는 재밌어하며 인사를 받았다.

"반가워요. 근데 저만 담당하시는 코디세요?"

"네."

세차게 고개를 끄덕이는 김시완. 민호는 공 매니저 이외의 스태프가 밴 안에 타고 있는 것이 아직 체감이 되지 않았다.

'고정 프로그램의 후광인가?'

라운드 별로 탈락자가 나오는 서바이벌임을 감안하면 이른 투자라고도 할 수 있었다. 그만큼 믿는다는 것이기에 민호는 얼떨떨한 표정으로 밴에 올라탔다.

김시완은 밝게 웃으며 말했다.

"말씀 편하게 하세요. 제가 어립니다."

"실례지만 몇 살이시죠?"

"스물하나입니다."

게임단 후배들과 비슷한 나이대였기에 민호는 부담 없이 말했다.

"그러지 뭐. 그리고 너도 그냥 형이라고 불러."

"네, 형. 앞으로 잘 부탁드려요."

민호는 뒷좌석을 가득 메운 옷가지들을 보며 다시 한 번 놀랐다.

"이건 또 뭐래?"

운전석의 공 매니저가 민호의 반응에 껄껄 웃었다.

"놀라셨죠? T 브랜드에서 협찬된 것과 회사에서 기본으로 협찬되는 옷들입니다. 이제부터는 걸어 다니는 광고판이라 생각하시고 옷을 입으셔야 합니다. 평소 나가실 때도 웬만하면 코디와 상의해 주세요."

걸어 다니는 광고판이란 말에 민호는 어깨가 으쓱해졌다. 한편으론 대충 옷 걸치고 집 밖으로 나가는 것이 제한을 받게 됐다는 생각에 귀찮기도 했다.

'인기가 많아지면 당연한 일이 되려나. 이거 공항 패션 막 신경 쓰고 그래야 하는 거야?'

행복한 귀찮음은 환영이다.

"출세했네요, 저."

"능력에 따른 합당한 대우가 시작된 것뿐입니다. 하하."

공 매니저의 기분 좋은 웃음소리와 함께 밴이 출발했다.

"스케줄은 아시다시피 '더 스마트 게임' 오프닝 촬영과 제작진의 설명회입니다. 펜타스톰 8강 일정이 내일이라 들었는데 경기 차질 없으시겠어요?"

민호는 고개를 끄덕였다.

"사흘 동안 후배들 도움받아 빡겜 좀 했죠. 밤에 마무리 연습만 하면 문제없을 거예요. 참, 출연진 윤곽은 다 나온 거죠? 어째 오늘까지도 한 사람도 모르겠어요."

"얼핏 들은 바로는 쟁쟁한 사람 천지라더군요. 민호 씨도 아실 만한 출연자에 대한 소문은 하나 들었습니다."

"제가 알 만한 사람이요?"

"NTV 간판 아나운서 정서연 씨 아시죠?"

"알죠. 첫 예능을 같이한 분인데."

직업별로 한 명씩을 뽑는 느낌이었기에 아나운서에 정서연이 나올 수도 있다고 예상은 했었다.

'그녀야말로 스마트 방송인이지.'

동전을 시험해 보기 위해 출연했던 퀴즈쇼에서 잠시였지만 묘한 기류를 타기도 했었다. 그녀를 또 볼 수 있다고 생각하니 기대감만큼이나 두근거려왔다. 방송에서 처음으로 설렘을 느낀 여자기도 했으니까. 물론, 이후에 다른 매력이 있는 여인들을 더 보긴 했지만 말이다.

'한 여자와 사귀고 있는 것도 아니고. 오는 여자 마다할 필요야 없지. 후후.'

괜히 김칫국부터 마셔보는 민호였다.

밴이 NTV 방송국 안의 주차장에 멈춰 서자 뒷좌석의 김시완이 옷들을 뒤적이며 물었다.

"매니저님. 민호 형 옷 어떤 걸로 가죠?"

운전석의 공 매니저가 고개를 돌렸다.

"아주 멋들어진 걸로 골라. 일반인 참가자들 틈에서 민호 씨가 연예인 티 좀 팍팍 낼 수 있게."

"그럼 정장이 낫겠네요. 여기요, 민호 형."

김시완이 슈트를 꺼내 민호에게 내밀었다. 이탈리아어로 쓰여 있는 로고가 인상적인 옷이었다.

"T 브랜드가 아니네? 무지 비싼 브랜드 같아 보이는데?"

"전에 담당하던 형님이 외국으로 가시는 바람에 민호 형 사이즈로 맞춰 왔죠."

"첫 출근인데 내 사이즈까지 알아? 준비 많이 했나봐. 앞으로 잘 부탁해, 김 코디."

민호의 칭찬에 공 매니저도 흐뭇한 표정으로 백미러를 바라봤다.

"시완이가 초짜처럼 보여도 옷 챙기는 눈은 상당합니다."

김시완은 말없이 밝은 웃음으로 화답했다.

민호는 슈트로 갈아입고 밴에서 내렸다. 옷매무새를 다듬고 있는데, 유리창에 반대쪽 주차장에서 내려선 젊은 남자가 비쳤다.

'어디서 봤는데.'

고개를 돌려 상대를 살폈다. 삐딱하게 쓴 힙합모자에 쫙 달라붙는 스키니 진. 건들거리는 걸음걸이는 전형적인 래퍼의 모습이었다.

"진큐도 참가자야?"

민호는 라디오에서 마주쳤었던 수능 만점의 수재를 떠올리고는 실소했다. 부들부들 떨며 자신에 대한 디스가사를 쓰겠다느니 하던 게 엊그제 같은데 벌써 시간은 2달 가까이 지났다.

진큐는 민호를 발견하지 못하고 매니저와 함께 건물 안으로 사라졌다.

'조금 다혈질이었지.'

펜타스톰에서도 진큐와 비슷한 성향이 있는 선수가 있다. 살살 건드리면 분을 참지 못해 와르르 병력을 몰고 나와 불리한 한타를 하고야 마는. 파악이 끝난 상대만큼 좋은 먹잇감도 없으리라는 생각에 민호는 씩 웃었다.

누군가 하나 떨어져야 한다면 적어도 진큐보다는 나중에 떨어질 수 있으리라는 자신감이 생겨났다.

밴에서 내린 공 매니저가 민호의 전신을 훑어보았다.

"역시 훤칠하시네요."

아무래도 첫 고정프로를 하다 보니 공 매니저의 눈에 뭔가 씌어 자동 보정이라도 되는 것 같았다. 민호는 민망한 표정으로 옷소매를 털었다.

"비싼 옷이라 그런가 봐요."

"옷걸이가 좋으신 겁니다. 하하!"

공 매니저는 들뜬 표정으로 방송국 안으로 걸어가기 시작했다. 어째 아침 내내 웃음이 끊이질 않는다. 옷 가방을 든 김시완도 그 뒤를 따랐다.

민호는 앞서 걷는 두 사람을 지켜보며 전과는 다른 기분이 들었다. 고작 한 사람이 더 추가됐을 뿐인데 제대로 일을 하기 위해 움직이는 팀 같이 느껴진다고나 할까?

'뭔가 진짜 연예인이 된 것 같아.'

NTV의 특집기획 쇼 '더 스마트 게임' 오프닝 촬영장.

민호는 개인 대기실에 앉아 촬영 순서를 기다리던 중이었다. 모든 것이 비공개인 터라 따로 준비할 자료 같은 것도 없었기에 거울을 보고 어디 여드름이라도 난 곳 없나 살펴보는 것이 전부인 한가한 시간이었다.

"커피 드실 분 있나요?"

김시완이 포트기의 스위치를 눌렀다. 공 매니저는 손을 들어 올렸고 민호는 고개를 저었다. 김시완이 믹스커피를 타 공 매니저에게 내밀며 물었다.

"매니저님. 이렇게까지 숨기는 이유가 뭘까요? 예능이 아니라 비밀 모임 같은 느낌이에요."

"글쎄다. 나도 이런 프로그램은 처음 봐서."

공 매니저는 문 쪽으로 시선을 돌리며 밖의 동향을 살폈다. 설명회 전에는 이동을 자제해 달라는 부탁 때문에 참가자는 물론이고 함께 온 스태프들도 밖으로 나갈 수가 없었다.

머리 스타일을 관리하고 있던 민호가 지나가듯 말했다.

"게임 전에 인맥을 쌓지 말라는 뜻일 거야."

김시완이 호기심이 가득한 눈빛으로 민호를 바라봤다.

"인맥이요?"

諺명이 게임을 하면 그중 하나만 탈락하는 방식이야. 그러면 다수가 한 사람을 공격하기도 쉽겠지. 시완이 너 같으면 친해진 사람 떨어트리고 싶겠어?"

"아아."

김시완이 고개를 끄덕였다. 듣고 있던 공 매니저도 '역시'라는 얼굴이 됐다. 민호는 언제 말했냐는 듯 거울을 보며 스타일링에 집중했다.

"시완아. 저것 좀 집어줄래?"

김시완이 헤어왁스를 얼른 들고 다가왔다.

"제가 해드릴까요? 메이크업도 조금씩이지만 배우고 있어요."

"아냐, 내가 할게."

지난주 패션계의 혹독함을 좀 체험했더니 간단한 헤어세팅 정도는 능숙하게 할 수 있게 됐다. 제이 킴의 창조적인 것에는 못 미치나 보통 남자들의 스타일링 센스보다는 나은 정도.

민호는 왁스를 조금 손에 묻혀 슈트와 어울리는 깔끔한 헤어로 세팅했다. 그것을 가만히 지켜보고 있던 김시완이 감탄한 얼굴이 되어 말했다.

"메이크업룸 선배님께 들은 데로네요."

"응? 뭘?"

"민호 형 스타일링을 잘하신다고 하더라고요. 센스가 엄청나다고."

"그건 오해야."

"하, 겸손까지."

어째 김시완도 점점 공 매니저가 평소에 짓던 표정과 비슷해지고 있었다. 민호는 속으로 혀를 찼다.

"강민호 씨, 나와 주세요."

문밖에서 제작진의 음성이 들려왔다. 민호는 자리에서 일어났다.

"그럼, 다녀올게요."

공 매니저와 더불어 김시완까지 "파이팅!"을 힘차게 외치며 응원했다.

민호는 속으로 고개를 흔들 수밖에 없었다. 고작 오프닝 촬영인데 이리 힘을 주면, 본 게임 때는 저 둘이 얼마나 강렬한 '믿습니다'의 눈빛을 쏘아 보낼지 모를 일이니까.

복도를 걸어 촬영 스튜디오의 문을 열고 들어섰다. 밝은 조명이 비추는 세트장 안에는 책상과 의자 그리고 녹색 외벽이 전부였다.

어딘지 취조실 같은 분위기가 났다.

"강민호 씨. 이쪽으로 앉으세요."

구레나룻이 하얗게 물든 반백의 중년 남자가 민호를 맞이했다. 목에 천상중 PD라는 사원증을 걸고 있는 그는 바로 '더 스마트 게임'의 총괄 PD였다.

"오랜만에 봬요, PD님."

"오랜만이에요, 민호 씨. 그 상금 털어가서 잘 먹고 잘 지냈죠?"

"아…… 하하."

천 PD가 웃으며 악수를 청해왔다. 그는 이전에 민호가 나갔던 퀴즈쇼의 PD기도 했다.

"여기서도 최대한 털어먹고 가요. 그게 우리 시청률 대박 나는 길이니까."

"열심히 털어먹어 보겠습니다."

악수를 나누자마자 천 PD는 오프닝 촬영 진행 순서를 빠르게 읊었다.

"따로 촬영 콘티는 없고 지시를 따라 자연스럽게 행동해 주면 됩니다. 예고편에 들어갈 짧은 인터뷰 진행도 같이할 테니 알아 두세요."

민호가 책상에 앉자 바로 카메라가 돌아갔다.

─초대장을 봐주세요.

어디선가 기계음으로 변조된 목소리가 흘러나왔다. 민호는 책상 위의 종이에 시선이 머물렀다.

─축하합니다. 당신은 '더 스마트 게임'에 초대되었습니다. 이것은 인간이 가진 극한의 심리를 경험할 수 있는 매우 흥미로운 게임입니다.

초대장에 적혀 있는 글귀를 그대로 읊고 있는 목소리는 되어 어딘지 오싹한 느낌이 들었다. 영화로 치면 스릴러에 어울릴 법한 톤이라고 할까?

─초대장과 함께 전달된 주머니 안에는 골드라 불리는 기본 화폐가 들어 있습니다. 골드는 하나당 천만 원의 가치를 지닙니다. '더 스마트 게임'에 들어가 더 많은 골드를 획득하세요.

민호는 주머니 속에 손을 넣어 주사위 크기의 황금 육면체를 꺼냈다. 묵직함이 느껴졌다.

'진짜 금 같은데?'

─최후의 승자가 되기 위해서는 자신만의 생존전략을 찾아야 할 것입니다. 단, 그 모든 선택은 부메랑이 되어 돌아올 수 있음을 명심하십시오. 게임의 결과에 따라 당신은 하룻밤 만에 영웅이 될 수도, 악당이 될 수도 있습니다. 그 덕분에 얻게 될 평판에 대해서 누구도 책임지지 않습니다.

엄숙한 목소리에 긴장감이 저절로 드는 경고였다.

─'더 스마트 게임' 참가에 동의하시겠습니까?

민호는 자신의 표정을 담고 있는 카메라를 바라봤다. 아마도 지금의 이 순간의 반응을 찍기 위해 분위기를 연출한 것이리라.

연출로 만들어지는 TV 속 세상에서 리얼리티의 개념이란 건 모호했다. 청춘일지도 농촌 리얼리티였지만 농작물 수확이라는 목표와 더불어 제작진에 의한 미션으로 이야기가 진행된다.

그러나 이 프로그램은 누가 살아남을지 모르는 무대본의 쇼였다. 그 때문에 민호는 평소 예능을 나갈 때 가졌던 막연한 불안감보다는 오히려 흥미가 잔뜩 일었다.

신나는 경기를 앞둔 듯한 기분.

"즐겨볼까~"

민호는 싱긋 웃으며 초대장 가장 아래에 자리해 있는 서명

란에 이름을 적었다. 그의 여유 있는 표정은 고스란히 카메라에 기록됐다.

"이제 인터뷰를 할 테니 앉아서 편하게 들어주세요."

천 PD가 카메라 바로 옆에 서서 말을 건네왔다.

인터뷰는 자기소개를 시작으로 이 프로그램에 임하는 각오 같은 것을 대답하는 것으로 끝났다. 지난주 연예가 인터뷰를 준비하며 단련된 터라 매끄럽게 끝마칠 수 있었다.

"바로 설명회 장소로 곧장 가주시면 됩니다."

스튜디오를 나오자 FD 하나가 따라와 설명회 장소로 안내를 시작했다. 옆 건물의 B스튜디오 쪽인 터라 갈 길이 좀 멀었다.

퀴즈쇼에서도 스태프였다고 밝힌 FD가 적적했던지 말을 붙여왔다.

"민호 씨 이후부터 최종 단계 통과자가 한 명도 없었던 거 아세요?"

"진짜요?"

"천 PD님이 그래서 기획 단계부터 민호 씨 섭외를 염두에 두셨어요. 제작진 차원에서도 민호 씨에게 거는 기대가 남다릅니다."

사정을 듣고 보니 자신에 대해 관심을 두고 있는 이들이 한둘이 아니었다. 임 사장에 PD에 하다못해 오늘 첫 출근한 김 코디까지. 민호는 1회전 탈락하면 정말 큰일 나겠다는 생각이 들었다.

'다음 주까지는 공부를 좀…… 으잉?'

민호가 안내된 곳은 '더 스마트'라는 글귀가 박혀 있는 창고형 스튜디오의 철문 앞이었다. 설명회라기에 회의장 정도를 생각하고 있던 그에게 FD가 이름표 하나를 내밀었다.

[강민호 : 1]의 글귀가 적혀 있는 디지털 이름표. 숫자 1은 골드의 개수를 뜻하는 듯 보였다.

의아한 눈길의 민호에게 FD는 올 때까지와는 다른 건조한 톤으로 말했다.

"참가자가 모두 모일 때까지 안에서 대기해 주시면 됩니다. 휴게실에 차와 음료, 간식거리가 구비되어 있습니다. 형평성을 위해 모두 오프닝 촬영이 끝날 때까지 침묵을 지켜주시면 고맙겠습니다. 안에 들어선 순간부터 모든 활동은 카메라에 기록되니 명심해 주시고요."

민호는 설마 하여 물었다.

"오늘 1회전을 시작해요?"

"여기서부터는 어떤 정보도 드릴 수 없습니다. 그럼."

FD가 사라지고 난 자리. 민호는 철문 한쪽에 자리한 카메라에 녹화불빛이 들어오고 있음을 확인하고 이해했다.

게임이 곧바로 시작된다.

누구도 마땅한 대비를 하지 못했을 것이 분명한 상황. 이 것이 위기가 될지 기회가 될지, 그로서는 아직 확신할 수 없 었다.

끼익.

철문을 열고 들어서자 구석구석 설치된 무인 카메라가 민 호의 얼굴을 비췄다. 민호는 아래로 내려가는 계단에 시선을 두었다가 메인홀에 눈을 돌리고 감탄했다.

"잘 꾸며놨네."

팔각의 넓은 홀 안쪽은 이름 모를 화가의 유화가 벽면 한 쪽을 장식 중이었다. 밭을 가는 농민부터 궁성에 살고 있는 귀족까지. 중세유럽의 어딘가를 그려놓은 듯 다채로운 인물 들의 생활상이 담겨 있는 유화에는 한 가지 보통 그림과 다 른 특징이 있었다.

모두 본 얼굴에 가면을 덮어쓴 상태.

섬뜩함이 느껴지면서도 묘하게 보는 이를 사로잡는 분위 기에 민호는 여기가 방송 세트장이 아니라 실제 비밀궁전처 럼 느껴졌다.

'몰입감 대박!'

소년 탐정이 된 것만 같은 기분에 민호는 감탄하며 메인홀 에 들어섰다.

홀의 양옆으로 이어진 복도에는 용도를 알 수 없는 방들이
존재했는데 그중에 휴게실이라 이름 지어진 곳도 보였다.

민호는 휴게실의 문을 열었다.

'실례~'

앞서 들어와 있던 세 사람이 민호를 돌아봤다. 남자 둘에
여자 하나. 민호처럼 주의를 받았는지 말을 붙여 오진 않았
으나 눈인사를 건네왔다.

민호는 라이벌들이 될 그들에게 고개를 숙여 보인 후에 자
연스레 여자 쪽으로 시선이 고정됐다.

'정 아나운서는 아니네.'

이름표에 차혜주라고 적혀 있는 이십 대 후반의 여인은 도
도한 표정으로 앉아 차를 곁들이고 있었다. 당차 보이는 그
녀의 기세에 다른 두 남자는 별말 없이 테이블 주변만 서성
였다.

민호는 여기 있어봤자 마땅히 할 것도 없어 보여 스튜디오
탐방에 나섰다.

중앙의 메인홀을 기준으로 오른편엔 응접실과 창고 같은
방이. 왼편에는 편안해 보이는 침실과 보일러실이. 곳곳에
위치한 무인 카메라만 아니었다면 완벽히 폐쇄된 공간이라
생각될 만큼 전부 그럴듯해 보였다.

돌아다니는 사이 누군가 들어왔다.

건들거리며 계단을 내려서던 진큐가 민호를 보고 움찔 놀랐다. '네가 왜 여기에?'라는 표정이 되어 있는 그에게 민호는 웃으며 손을 짧게 흔들어 보였다. 진큐는 당황한 기색으로 한동안 민호를 쳐다보다 응접실 안으로 들어갔다.

'그나저나 말을 못 하니 무지 심심하네.'

민호는 기지개를 켜다 주머니에서 동전을 꺼내 들었다.

핑그르.

허공을 돌던 동전이 민호의 손바닥에 떨어졌다. 앞면도 뒷면도 아닌 옆으로 서버린 동전. 민호가 물어본 것은 '내가 1라운드를 통과할 수 있는가'였다.

답이 가변적인 문제는 이런 식으로 대답을 회피하기에 민호는 별다른 감흥 없이 다음 질문을 던졌다.

'이번에 들어올 사람은 정서연 아나운서?'

뒷면이 나왔다. 계속 동전을 던지다 보니 정서연의 입장 순서가 맨 마지막이라는 것을 확인했다.

눈요기할 거리도 더는 없고. 민호는 고개를 저으며 진큐가 들어간 응접실로 따라 들어갔다. 달달한 쿠키라도 먹으며 시간이나 때워야겠다.

-메인홀로 모여 주십시오.

변조된 음성이 무대 전체로 퍼져 나갔다.

응접실에 모여 있던 9명의 사람들이 밖으로 걸어 나왔다. 마지막으로 들어선 정서연이 계단을 내려오며 생긋 웃었다.

"PD님께 들었는데 이제부터 말하셔도 된다고 하네요."

단아한 복장의 그녀가 걸어 내려오자 남자 참가자들의 눈길이 저절로 모여들었다. 정서연은 출연진 하나하나와 인사를 나누다가 민호 앞에서 멈춰 섰다.

"반가워요, 민호 씨."

"간만에 뵙네요."

정서연은 고급 슈트로 쫙 빼입은 민호의 모습에 감탄 섞인 표정이 됐다.

"와. 이젠 방송인 다 되셨네요."

"어쩌다 보니……."

민호는 퀴즈쇼 덕분에 방송 활동을 시작하게 됐다고 말하며 살갑게 대답하려다 그만두었다. 정서연이 유일하게 아는 척했다는 것만으로 몇몇 출연자들의 곱지 않은 시선이 느껴진 탓이다. 그중에 갑은 진큐였다.

진큐는 어딜! 하는 표정과 함께 민호의 어깨를 밀치며 끼어들었다.

"반갑습니다, 정서연 씨. 팬입니다!"

"처음 봬요. 진큐 씨."

정서연은 예의 바른 웃음으로 진큐를 대했다. 민호는 슬쩍 물러났다. 시작부터 개인적인 친분을 과시해 봤자 얻을 만한 이득이 없는 이상 지금은 조용히 있는 편이 낫겠다는 판단에서였다.

그사이 메인 홀 중앙에 있는 거대한 모니터에 화면 하나가 나타났다.

모두가 초대장에 사인했던 그 장소에서 찍은 장면들이 교차 편집되어 흘러나오기 시작했다.

–1회 탈락 안 하는 게 목표예요.

정서연의 음성. 그리고 그녀의 얼굴 밑에 그녀의 인터뷰 정리 내용과 스펙에 대한 정보가 떠올랐다.

민호는 모든 참가자의 정보를 한꺼번에 공개하기 위함임을 깨닫고 화면에 시선을 집중했다.

정서연. 27세. 스펙과 지성미를 두루 갖춘 플레이어.

[나는 정서연이다. 뉴스와 퀴즈쇼를 진행 중이다. S대 신문방송학과를 나왔다.]

"1회 탈락 안 하는 게 목표예요."

장동묵. 36세. 순발력과 과감함으로 승부하는 예측불허 플레이어.

[나는 장동묵. 게임을 접수하러 왔다. 개그맨이라 무시하지 마.

나는 눈치가 그 누구보다 빠르니까.]

"공부 잘하면 뭐해? 눈치가 없는데. 후훗."

윤수원. 27세. 메소드 연기의 달인, 변화무쌍한 연기력으로 상대를 혼란시키는 플레이어.

[나는 윤수원이다. 연기는 좀 하는 편이다. 대본을 받으면 그 자리에서 외운다.]

"괜찮아요? 좀 놀랐죠?"

이상철. 45세. 인생의 산전수전을 다 겪은 합리적인 플레이어.

[나는 이상철이다. 절대 손해는 안 본다. 연이은 사업 실패로 평생 볼 손해를 다 봤으니까.]

"교활하게 보여도 상관없습니다. 골드 많이 먹어 돌아가야죠. 채권단 여러분 지켜보시고 힘 좀 주세요."

박진규. 24세. H대 경영학과 출신의 저돌적인 플레이어.

[나는 진큐다. 나는 비쥬얼 담당이다. 나는 수능 상위 0.03%였다. 퍼펙트한 완벽함을 갖췄지.]

"머릿속에 든 지식 많아~ 게임에서 발휘할 곳은 파다~ 골드 쓸어 싹 다 쓸어 모아~"

백민수. 50세. 타의 추종을 불허하는 빠른 확률 계산력과 갬블러들의 심리를 꿰뚫어 보는 통찰력 있는 플레이어.

[나는 타짜다.]

"심플?"

하비 박. 43세. 수많은 사건사고 변호로 다져진 관록의 플레이어.

[나는 하비 박이다. 있는 그대로의 나? 하버드 로스쿨. 엘리트. 로맨틱.]

"달변가? 단언컨대, 변호에서 중요한 건 말빨이 아니야. 내 논리를 모두가 수긍하도록 만드는 의지지."

차혜주. 28세. 금융권 재테크 달인이자 모든 플레이어들을 아우르는 리더십 충만한 플레이어.

[나는 차혜주다. 나는 입사 2년 만에 연봉 5억을 받았다. 철저한 데이터 분석으로 고객의 인생과 미래를 설계하는 VVIP들의 자산관리사다.]

"더 스마트는 라운드당 골드를 획득해 그것을 관리하고 지켜내는 시스템입니다. 제 무대죠."

최허준. 35세. 침착성과 느긋함으로 끝까지 생존하겠다는 플레이어.

[나는 한의사다. 이름이 허준이다. 한의학과에 들어갔을 때 교수님들이 죄다 미친 듯이 웃었다.]

"게임 하다 울화통 터지는 분들은 오세요. 침 놔드립니다."

강민호. 24세. 전략적 플레이가 가능한 더 스마트에 특화된 다크호스.

[나는 강민호다. 프로게이머지. 나는 5억 원 퀴즈쇼에서 우승했다. 더 스마트의 승리 비법? 얼마나 그 라운드의 게임을 잘 이해하는가에 달렸다고 본다.]

"즐겨볼까~"

이윽고 화면이 끝났다.

참가자 10인은 서로를 돌아보며 눈을 빛냈다.

[지금부터 '더 스마트 게임'1회전을 시작합니다.]

17.
더 스마트, 영향력 게임

　－잠시 준비 시간을 갖겠습니다. 참가자 여러분들은 자유롭게 휴식을 취하고 계십시오.

　음성과 함께 메인홀의 한쪽 벽이 열렸다. 가면을 쓴 스태프들이 탁자와 도구를 들여오기 시작하자 텅 비어 있던 홀이 순식간에 게임을 플레이하기 위한 장소로 변해갔다.

　침묵을 지켜달라는 룰은 풀린 상황. 그러나 서로에 관한 대략적인 정보를 이제야 알게 된 터라 대부분 말이 없었다.

　누가 강자일까?

　민호는 아무래도 프로도박사로 유명한 백민수를 생각하지 않을 수 없었다. 겉보기엔 온화한 인상의 중년 아저씨였으나 가진 경력만큼은 누구보다 화려했다.

'견제 대상 1호는 확실해.'

프로바둑기사이면서 포커 챔피언쉽 우승자답게 그가 심리 전의 달인일 것이란 사실은 명백했다. 게다가 전 국민에게 공인된 타짜라니. 당장 눈에 띄는 건 없어도 애장품이 있을 가능성이 농후했다.

'2호는 누가 있을까?'

부딪혀서 손해가 될 것 같은 사람.

승부를 내도 될 것 같은 사람.

전략적 선택에 관한 고민은 프로게이머를 시작하며 언제나 즐겨하던 것이었다.

민호는 방금 화면으로 만난 모두의 정보를 하나하나 되새기기 시작했다.

"뭐야? 오프닝만 찍는다고 해놓고 다짜고짜 시작이야."

그 와중에 침묵을 깬 것은 개그맨 장동묵이었다.

"이거이거. 만만한 사람이 하나밖에 없잖아."

사람들을 둘러보던 장동묵의 시선이 정서연을 향했다.

"정 아나운서님."

"네?"

"저쪽 봐봐요. 엄청 만만해 보이죠? 어헛. 인상도 참 더럽네."

그가 가리킨 곳은 벽에 위치한 거울이었다.

장동묵은 거울을 통해 정서연에게 윙크를 보냈다. 지목에 당황하던 정서연은 입을 가리며 웃었다.

지켜보고 있던 이들도 피식 웃고 말았다. 장동묵의 자기희생적 개그로 인해 메인홀의 분위기가 순풍처럼 부드러워졌다. 덕분에 대화가 곳곳에서 봇물 터지듯 시작됐다.

"아, 동묵이 센스있어. 근데 만만한 걸로 따지면 나지."

사업가이자 올드가수 이상철이 넋두리를 늘어놓았다.

"가수 활동으로 번 돈 죄다 날려먹고, 능력도 없어."

"형님, 저 PC방 차리느라 알거지 됐어요. 아시면서."

"넌 그래도 사장이잖아. 나 빚부터 갚자. 서포팅 좀 해줘."

"서포팅? 나중에 저희 가게 오시면 컵라면은 서비스로 드립니다. 알바야, 이 형님 얼굴 기억해 둬라."

장동묵과 이상철이 누가 더 별 볼 일 없는지에 대한 심도 있는 대화를 나누는 사이, 민호의 시선은 올백으로 매끈하게 머리를 넘긴 40대의 미중년에게로 향했다.

변호사 하비 박은 바로 옆의 차혜주와 담소를 나누는 중이었다.

100여 개의 사건 케이스에서 단 한 번도 지지 않았다는 수완가였기에 당연히 견제 대상 2호가 될 수밖에 없었다.

'논리력? 추리력? 뭐가 뛰어나든 만만치 않을 거야.'

민호가 고심하고 있는 와중에 진큐가 옆으로 슬쩍 다가왔다. 어떤 게임을 하게 될지 참가자 대부분이 긴장한 얼굴이 있는데 진큐는 천성이 그런지 전혀 걱정이 없는 기색이었다.

"민호 씨. 나이로 보니 우리 둘이 막내네. 생일 몇 월?"

진큐가 물어왔다. 별로 친한 것도 아닌 그가 말을 놓기에 민호도 자연스레 반말로 대꾸했다.

"9월인데?"

"내가 좀 높네. 8월. 민호 씨가 막내 해."

"8월? 가만있자……."

민호는 기억을 더듬어 라디오 때 파악해둔 진큐의 프로필을 떠올렸다.

"생일 1월이잖아. 빠른으로. 검색창에 '아르헨진큐'치면 프로필 쫙 나오던데."

진큐의 눈이 왕방울만 해졌다. 민호는 진큐의 어깨를 두드렸다.

"우리 솔직하게 살자. 사회생활 시작했으면 정신 좀 차려야지. 요즘 누가 빠른으로 계산한다고. 열심히 해, 동생."

"야, 그 프로필 잘못된 거야."

들을 가치도 없다는 듯 고개를 흔든 민호는 조용히 서 있는 백민수에게 다가섰다.

"뵙게 되서 영광입니다, 선생님."

"선생은 무슨. 반가워요, 민호 씨. 바둑기사도 넓게 보면 프로게이머니까 어찌 보면 동문이라고 볼 수도 있겠네."

백민수는 푸근한 웃음으로 민호를 대했다.

"게이머니까 '더 스마트 게임'도 잘하겠죠?"

"글쎄요. 분야가 다르니까요."

민호는 멋쩍게 웃었다.

펜타스톰을 깊게 파고들면 들수록 경기 내내 상대방과 심리전을 벌여야 하는 멘탈스포츠라는 생각을 하게 된다. 때문에 멘탈스포츠로 분류되는 게임에 관에서는 민호도 누구에게도 꿀리지 않을 자신이 있었다.

"아냐, 민호 씨. 내 생각은 좀 달라."

이런 속마음을 눈치채기라도 했을까? 백민수가 날카로운 말을 던졌다.

"하나에 달통해 있는 사람은, 그 비슷한 원리를 가진 다른 것도 잘해요. 민호 씨도 그럴 거라고 봐요."

예상했던 도박사의 이미지와는 달랐으나 어디까지나 게임 전의 상황. 민호는 백민수를 직접 마주하자 방심은 금물이라는 생각이 번쩍 들었다.

두 사람 곁으로 한의사 최허준이 다가왔다.

"후, 이렇게 쟁쟁한 사람들만 나올 줄 몰랐어. 안녕하세요, 백 선생님. 강민호 선수."

허허 웃는 최허준은 말투에 구수한 억양이 섞여 있어서인지 도무지 의사처럼 느껴지지가 않았다. 명석한 두뇌를 가진

의사와는 어울리지 않는 순박한 외모에 민호는 경계하고 싶어도 자연스레 무장해제가 되는 것을 느꼈다.

셋이 인사를 나누던 중 최허준이 민호의 아래위를 훑어봤다.

"옷 좋다아~ 어디서 산 거예요?"

시골 아저씨처럼 보이는 최허준이었기에 바로 옆에 슈트를 갖춰 입은 민호가 도드라져 보였다.

"협찬받은 거라 저도 잘 입고 돌려줘야 해요."

"아르마니를 협찬?"

배우 윤수원이 놀라서 끼어들었다.

"프로게이머가 어떻게 협찬을 받았데요? 거기 아무나 해 주는 곳 아닌데."

"소속사에 있던 거라서요."

"아아. KG! 역시 급이 달라."

분명히 놀란 표정인데 놀라 보이지 않는 얼굴. 연기로 따지면 발연기라고 해야 옳으나 말투가 너무 진지했기에 민호도 헷갈리고 말았다. 연기 못하는 사람을 연기해 놀란 표정을 짓는 건지, 진짜 놀란 건지.

'대본은 잘 외운다니까 암기력이 필요한 게임은 잘하겠지, 뭐.'

민호는 윤수원에게 코디가 어찌어찌 챙긴 옷이라고 대답

하려다 메인홀 중앙의 화면에 움직임을 포착하고 고개를 돌렸다.

치이익.

하얀 가면을 쓴 사내가 모습을 드러냈다. 베일에 감춰진 인물이라는 걸 표현하듯 미동조차 하지 않는 영상에서 목소리만 변조되어 흘러나왔다.

—메인매치에 들어가기 앞서, 참가자 여러분들의 골드 보유 개수를 알려드리겠습니다.

화면에 모두의 이름과 [골드 1]이라는 숫자가 떠올랐다.

—여러분이 '더 스마트 게임'을 통해 얻은 골드는 최종 우승을 달성했을 시 그대로 상금으로 지급됩니다. 골드가 100개라면 10억. 그 이상이라면 10억이 넘게 될 것입니다. 상금을 획득할 수 있는 방법은 이것뿐만이 아닙니다.

10억이라는 상금도 적지 않았으나 여기서 더 얻을 수 있다는 말에 곳곳에서 웅성임이 일었다.

—1회전이 끝날 때마다 공개된 영상을 통해 시청자들의 평점 투표를 받습니다. 시청자들은 그 라운드에 가장 인상적인 플레이를 보여준 참가자에게 투표를 하고, 1위의 참가자는 지니고 있던 골드 숫자만큼의 평점상금을 즉시 지급받습니다. 예를 들어, 3회전에 한 플레이어가 골드를 20개 보유하

고 있는 상태로 평점 1위를 했다면 2억. 이후 4, 5, 6, 7, 8회전에서 인상적인 플레이를 펼쳐 평점을 떨어트리지 않았다면, 12억 이상의 평점상금을 확보하게 됩니다.

우승 상금보다 많이 벌 수 있는 기회에 모두의 눈빛이 달라졌다. 우승하고, 평점까지 독식하면 20억 이상도 벌 수 있는 게임인 것이다. 그야말로 털어먹을 테면 먹어봐라 라고 말을 하고 있는 제작진의 마인드.

—만약 탈락자의 평점이 가장 높다면, 평점상금은 1억으로 고정됩니다. 탈락자는 본게임에서는 사라지지만 시청자 투표에는 남아 있습니다. 1회전에 탈락해도 강렬한 인상을 남겼다면 9회까지 9억을 확보할 수 있는 가능성도 있습니다.

민호는 상당히 합리적으로 경쟁을 유도하는 시스템이라는 생각이 들었다. 인원이 인원인 만큼 중간만 해서 얼렁뚱땅 묻어가는 플레이로는 시청자들에게 인상을 남기기 힘들다.

그리고 이것은 모두가 인지하는 부분이었다. 포근한 웃음으로 일관하던 백민수 마저도 상금 규모가 밝혀진 지금은 마냥 웃고 있지 않았다.

—그럼 지금부터 메인매치에 들어갈 게임을 설명드리겠습니다. 메인매치의 이름은 '영향력 게임'. 여러분은 이번 회전에서 얼마나 영향력 있는 사람인지를 입증하는 게임을 하게 됩니다.

화면에 5종류의 카드가 5개씩 25장이 떠올랐다.

각기 [일반인], [래퍼], [변호사], [도박사], [연기자]라고 쓰여 있는 직업을 나타내는 카드였다.

－화면을 봐주십시오. 이것은 게임을 위한 구분으로 여러분의 직업과는 무관한 것임을 알려드립니다. 시작 전 여러분은 이 카드를 섞어 2장을 받게 됩니다. 이 2장은 여러분의 '영향력 점수'로 모두 잃게 되면 그 즉시 게임에서 패배하게 됩니다.

가면 사내로부터 상세한 게임 룰 설명이 이어졌다.

【영향력 게임】

모든 참가자는 영향력 카드 2장과 동전 2개를 받는다.

자신의 차례가 되면 참가자는 다음 중 한 가지 행동을 할 수 있다.

1. 동전 획득 : 딜러에게 동전 1개를 받아간다.

2. 더블 획득 : 딜러에게 동전 2개를 받아간다. (단, 일반인에 의해 막힐 수 있다.)

3. 실력 행사 : 동전 7개를 지불해 다른 이의 '영향력 점수' 1을 깎는다. (동전이 10개가 넘으면 무조건 실력을 행사해야 한다.)

4. 영향력 카드의 능력을 사용한다.

- 일반인 : [출근] 동전 3개 획득. (누군가의 더블 획득은 언제나 방해 가능)
- 래퍼 : [디스] 동전 3개를 지불해 누군가의 영향력을 강제로 1 깎는다.
- 변호사 : [변론] 다른 능력은 없지만 래퍼에게서 영향력이 깎이지 않는다.
- 도박사 : [속임수] 다른 참가자의 동전 2개를 훔친다. (단, 같은 도박사와 연기자의 동전은 가져올 수 없다.)
- 연기자 : [교체] 공개되지 않은 자신의 카드를 교체할 수 있다. (보고 바꾸지 않아도 된다.)

모든 참가자는 자신의 카드를 공개하지 않은 채로 플레이 한다. 그리고 다른 카드인 척 거짓말을 할 수 있다. 누군가 영향력 카드의 행동을 했을 때 그것이 거짓인지 의심스럽다면 '의심'을 외쳐 확인해 볼 수 있다.

진실을 말했다면 의심한 사람의 영향력 점수 -1.

거짓을 말했다면 거짓말한 사람의 영향력 점수 -1.

영향력 점수가 깎이면 참가자는 자신의 영향력 카드 1개를 공개해야 한다. 2개가 모두 공개되면 게임에서 패배한다.

'게임 자체는 간단하다만.'

문제는 그것을 플레이하는 사람들이겠지.

민호는 다른 어떤 것보다 자신의 카드를 숨긴 채 다른 카드인 척할 수 있는 요소가 중요함을 깨달았다. 내가 점수를 획득하는 것이 아닌, 다른 누군가의 점수를 깎아야 하는 싸움에서 내 정체를 들키지 않는 건 필수 요소였다.

동전 7개를 모으면 한 사람의 점수를 깎을 수 있다지만, 래퍼의 능력을 사용하면 단 3개로 가능한 일이니까.

─총 5번의 라운드로 순위를 나눈 뒤, 합산 순위가 가장 높은 사람에게 탈락 면책권과 10골드를 지급합니다. 2등은 5골드, 3등은 3골드이며 가장 낮은 순위의 사람은 탈락을 두고 한 사람을 지목해 데스매치에 들어갑니다.

문이 열리고 카지노에서나 볼 법한 정갈한 복장의 딜러들이 입장했다.

"참가자들 분들은 자리에 서주십시오."

테이블 위에는 카드를 2장 놓아두는 공간 10곳이 존재했다. 순서에 상관없이 둘러서다 보니 민호의 오른편에는 백민수가 왼편에는 최허준이 서게 됐다.

딜러 한명이 25장의 카드를 쭉 펼쳐 보인 뒤에 매끄럽게 섞었다.

"긴장되는고만."

반대편에 서 있던 장동묵의 말은 모두의 심정을 대변하는 것이기도 했다.

민호는 장동묵 옆에 서 있는 이상철과 정서연을 바라봤다. 왼편에 진큐와 윤수원, 오른편의 하비 박과 차혜주까지. 게임을 세팅하는 짧은 시간 동안 4개의 파로 나뉜 듯한 모양새였다.

카드 셔플을 끝낸 딜러가 말했다.

"카드 2장을 나눠드리겠습니다. 다른 이들에게 공개되지 않도록 주의해 주십시오."

모두에게 2장씩 분배되고 남은 5장은 테이블의 중앙에 놓였다. 각자 자신들이 받은 영향력 카드를 확인하기 시작했다.

민호는 카드 2장을 올려두는 바닥에 소형 카메라가 위치해 있음을 확인하고 속으로 고개를 끄덕였다.

'우리는 못 보지만 시청자는 볼 수 있다 이거구나.'

진짜 카드를 알고 있는 상태에서 누가 어떤 판단을 내리는지를 보는 것만으로도 참가자들의 심리상태가 적나라하게 드러난다. 어설픈 블러핑이나 게임실력을 보이면 비호감으로 보일 것은 자명한 일. 이렇게 되면 평점을 높게 받는 것도 쉽지 않은 일이었다.

민호는 카드를 살짝 열어 보았다.

기왕이면 공격적인 운용이 가능한 조합이면 좋겠지만 나쁘다고도 할 수 없는 카드였다.

딜러가 동전을 2개씩 나눠주자 게임의 준비가 끝났다.

"첫 라운드는 최연장자부터 시작하겠습니다."

백민수의 행동 턴이 돌아왔다.

"저는 더블 획득을 할게요."

딜러가 이 말에 모두에게 물었다.

"일반인 카드를 갖고 계신 분께서는 막을 수 있습니다."

1회전 1라운드의 가장 첫 턴이었기에 탐색하기 바쁜 모두는 굳이 자신이 일반인 카드를 갖고 있음을, 혹은 일반인 카드를 갖고 있는 척하지 않았다.

딜러가 동전 2개를 백민수에게 건네주었다. 백민수는 담담한 표정으로 동전을 받아 옆에 쌓아 두었다.

뒤이어 민호의 차례가 왔다. 자신의 캐릭터를 들킬 리도, 의심을 받을 리도 없는 동전 1개 습득을 택했다.

모든 참가자가 조심스러운 눈초리를 보이며 1개 또는 2개를 획득해 첫 턴이 끝났다.

다시 백민수의 차례. 그는 자신의 카드 중 하나를 손으로 찍으며 말했다.

"일반인 카드의 '출근'을 활용해 동전 3개를 획득하겠습니다."

첫 영향력 카드의 능력 사용이었다. 오른편의 하비 박이 백민수의 동전 상황을 보며 고개를 저었다.

"저거 받으면 7개네."

7개라는 건 누군가의 영향력을 강제로 하나 깎을 수 있다는 말이었다. 그럼에도 의심해서 도전하는 이는 없었다. 자신이 굳이 희생하고 싶지 않다는 생각이 강했던 것이다. 백민수의 느긋한 표정이 절대 거짓말을 하지 않으리라는 안정감을 가져다 준 것도 한몫했다.

　다음 차례가 된 민호는 바로 옆에서 그 상황을 지켜보며 뒤집혀진 한 장을 손으로 콕 찍었다.

　"도박사의 '속임수'를 활용해 진큐 씨의 동전 2개를 가져오겠습니다."

　진큐의 눈이 커졌다.

　상대방을 향한 첫 견제가 시작되자 모두 흥미롭다는 눈길이 되어 진큐의 반응을 살폈다.

　딜러가 진큐에게 물었다.

　"진큐 씨, 의심하시겠습니까?"

　"잠시만요."

　진큐가 민호의 눈을 뚫어져라 바라봤다.

　민호는 그가 의심하리라는 약간의 확신을 갖고 있었다. 시작 전에 기분을 긁어 놓아 자신을 맹목적으로 공격하게 만들 분위기를 심어 주기까지 했다. 자존심 때문에라도 시작부터 그냥 당하고 싶진 않을 것이다.

　"영향력 점수는 2점이고 한 점 정도는 확인을 위해 써봐도 나쁘지 않지. 의심!"

거짓말이 자유로운 게임이라는 건 역으로 진실을 말해 낚시할 수도 있다는 말이었다.

민호는 도박사 카드를 뒤집으며 말했다.

"미안. 동생."

진큐가 멈칫했다. 딜러는 진큐의 동전 2개를 민호에게 건네주며 말했다.

"의심이 실패했음으로 진큐 씨는 카드 1장을 공개해 주세요. 민호 씨는 도박사 카드를 내고 이곳에서 새 카드를 받아 가세요."

진큐가 이글거리는 눈초리로 카드 1장을 공개했다. 일반인 카드가 펼쳐졌다.

장동묵이 깝깝하다는 듯 말했다.

"아니, 진큐야. 일반인 있으면 2개씩 먹어가는 것 좀 막았어야지. 봐봐. 벌써 7개 되는 사람 천지잖아."

이 말로 장동묵은 일반인이 없다는 듯한 뉘앙스를 풍겼다.

민호는 의심의 과정 때문에 공개된 도박사 카드를 버리고 새 카드를 받았다.

다음 차례가 된 윤수원은 자신의 카드를 보더니 고개를 휘휘 저었다.

"이걸로는 안 될 것 같네요. 연기자 카드의 '교체'를 사용하겠습니다."

가지고 있던 카드 2장을 내고 중앙의 카드 2장을 받아가는 행위를 막는 이는 없었다.

진큐의 차례가 왔다. 진큐는 민호를 노려보며 말했다.

"저는 도박사 카드의 '속임수'의 능력을 활용해 민호 씨의 동전을 가져……."

민호는 진큐의 말이 채 끝나기도 전에 싱긋 웃으며 말했다.

"제가 새로 받은 카드도 도박사기에 제 건 훔칠 수 없습니다."

딜러가 진큐를 보며 물었다.

"진큐 씨. 의심하시겠습니까?"

하나 남은 영향력 점수를 걸고 의심을 할 것이나 마느냐의 기로. 진큐는 제대로 말렸다는 표정을 지었다.

"……의심하지 않겠습니다."

자기 차례가 아무런 성과 없이 끝나게 된 진큐의 어깨가 축 늘어졌다.

모니터만 수십 개가 자리해 있는 '더 스마트 게임'방송통제실 안.

천 PD는 민호의 얼굴을 클로즈업한 채로 감탄했다.

"방금 제대로 잡았어? 강민호 지금 자기가 받은 카드 확인도 안 하고 블러핑을 쳤어. 진큐가 심적으로 몰렸다는 걸 제대로 파악하고 있어."

엔지니어가 백민수와 하비 박의 얼굴을 잡으며 말했다.

"저 두 사람은 그걸 알아챈 것 같아요."

"강민호의 센스를 알고 견제해야겠다고 판단했다면 다음 턴이 재밌어 지겠어."

천 PD는 흥미롭다는 눈초리로 참가자들의 동전 보유 상황을 체크했다. 2턴이 지난 지금. 백민수 7개. 하비 박과 강민호가 5개였다.

"첫 패배자가 빨리 나올 수도."

【1라운드 종료, 현재 점수】

정서연⑵, 장동묵⑵, 이상철⑴, 진큐⑴, 하비 박⑵, 윤수원⑵, 차혜주⑵, 강민호⑵, 백민수⑵, 최허준⑴.

1라운드 3턴이 시작됐다.

"백민수 씨, 행동해 주세요."

딜러의 음성에 백민수가 동전 7개를 만지작거리자 영향력 점수가 1개인 사람들은 침을 꼴깍 삼켰다.

민호에게 당한 진큐. 하비 박에 대한 의심이 실패해 하나 깎인 이상철. 장동묵의 래퍼 공격에 당한 최허준. 세 사람이 카드를 1장씩 공개한 상태였다.

"백 선생님. 부탁드립니다. 방금 박변한테 돈도 털리고 점수도 깎여서 완전 개털 됐어요."

이상철이 간절하게 두 손을 모았다. 평점점수를 포기한 듯한 그의 불쌍한 언행에 진큐가 이에 질세라 합류했다.

"살려주세요, 선생님!"

최허준은 별말 없었으나 공격하지 말아줬으면 하는 눈치였다. 백민수는 느긋한 웃음과 함께 세 사람을 둘러보았다.

"단판 승부가 아니니 길게 볼게요. 저만큼 유리해 보이는 박 변호사님께 '실력 행사'를 하겠습니다."

새로운 공격이 시작되자 대부분 동요했으나 하비 박만큼은 낯빛 하나 변하지 않은 채로 백민수를 바라봤다.

"제가 5개인 걸 보시고서도 그런 말씀을 하시네요."

7개가 되면 공격해 버리겠다는 협박. 백민수는 동요하지 않았다.

"아, 그랬나요? 아직 7개는 아니니까요."

부드러운 눈빛과 날카로운 눈빛이 오고갔다. 백민수로부터 동전 7개가 지불되자 딜러가 하비 박에게 말했다.

"영향력 카드 하나를 공개해 주세요."

하비 박은 백민수를 향한 시선을 거두지 않은 채로 왼편의 카드를 뒤집었다. 래퍼 카드가 공개됐다.

다음 차례의 민호는 지금의 상황으로 앞으로의 유불리를 따져 보았다.

　　백민수가 1점짜리를 죽이지 않기로 결정한 이상 민호도 굳이 자신의 손으로 패배자를 만들 이유가 없다고 판단했다. 총 5번의 게임 중 고작 첫판일 뿐이고 적은 만만한 진큐하나로 충분하니까.

　　'지금은 판을 흔드는 게 우선이야.'

　　민호는 왼편의 카드를 찍고 딜러를 향해 말했다.

　　"저는 래퍼의 '디스'를 사용해……."

　　1점뿐인 진큐가 목을 움츠렸다.

　　"윤수원 씨를 공격하겠습니다."

　　보유하고 있던 동전 5개 중에 3개를 내밀었다. 민호는 전 턴에 카드를 교체해 이 중에 가장 카드를 추론할 거리가 없는 윤수원을 건드려 보았다.

　　안도의 한숨을 내쉬던 진큐는 민호가 찍은 카드를 보더니 눈에 불이 켜졌다.

　　"야! 너 전 턴에 그 카드가 도박사라고 했었잖아!"

　　"궁금하면 의심해 보든가."

　　"뭐?"

　　씩 웃는 민호의 행동에 진큐는 울화통이 터진다는 듯 테이블을 탕 내려쳤다.

"너는 내가 반드시 잡는다."

"미안하지만 이번 턴에 살아남고 나서 얘기해."

반대편의 장동묵이 낄낄 웃었다.

"진큐는 공부 딥다했다더니 범생이었나 보네. 블러핑에 취약해."

"아닙니다!"

"너 하나 남은 카드 도박사잖아."

움찔하는 진큐에 장동묵은 혀를 쯧쯧 찼다.

"왜 이리 눈치가 없어. 네가 지금 여기서 제일 후달려. 아, 이런 말 하면 안 되지. 여기서 젤 쩌리니까 우리 상철이 형님처럼 계속 빌기라도 해."

장동묵의 말마따나 진큐는 누구도 두려워할 이유가 없었다. 한 장은 공개됐고, 남은 한 장도 민호에게 도박사의 능력을 쓰려다 실패한 까닭에 패가 명백하게 밝혀졌다. 영향력 게임에서 숨겨진 카드의 정체를 들켰다는 건 손발이 봉쇄된 것과 다름없으니까.

한차례 대화가 끝나고 딜러가 말했다.

"의심하실 분 있으십니까?"

윤수원은 민호의 카드를 보며 고심했다. 래퍼카드가 아니라고 의심하기엔 진큐가 당한 것이 마음에 걸렸다. 윤수원은 오른편의 카드를 찍었다.

"변호사 카드로 막을게요. 괜찮죠?"

민호는 윤수원의 알쏭달쏭 연기력에 오프닝 때 들은 정보가 정확하다고 판단하고 인정했다. 변호사가 진짜 있다고 믿어 주기로 결정한 뒤 말했다.

"저도 의심하지 않을게요."

민호는 바로 이어진 윤수원의 차례에 일반인 카드의 능력이 사용된 것을 보고 카드 2장을 대략적으로 유추해 두었다. 이 상황은 나중에 의심을 하게 될 상황이 오면 판단할 단서가 될 것이다.

"내 차례네."

진규는 증오가 어린 눈길로 강민호를 바라봤다.

"도박사로 민호 씨 동전 2개를 가져오겠습니다."

예측 가능한 공격이었기에 민호는 싱긋 웃었다.

"저는……."

'무조건 의심할 거야'라는 눈길의 진규를 보며 민호는 오른쪽의 카드를 만지작거렸다. 왼쪽이 래퍼라 믿어 달라고 한 것이 성공한 이상 오른쪽 카드를 들킬 필요는 없겠지. 민호는 카드에서 손을 뗐다.

"어쩔 수 없네요. 아까 받은 동전 돌려줘야죠."

민호의 동전이 진규에게로 넘어갔다.

"게임 끝날 때까지 털어주마."

"얼마든지."

벽에 있는 무인카메라가 일제히 움직여 민호와 진큐 두 사람을 잡았다. 천 PD는 놀랐다는 듯 말했다.

"강민호 새로 받은 거, 도박사도 래퍼도 아니잖아?"

참가자의 카드 상황을 나타내는 모니터를 확인한 천 PD는 고개를 흔들었다.

"진큐를 탈탈 털어먹었구만. 장동묵처럼 과감히 거짓말을 하는 게 아니라 상황을 이용해 걸려들 수밖에 없게 하고 있어. 확실히 게이머야."

"게임을 잘하는데 그게 밉지 않은 느낌이네요."

"응. 딱 그 느낌. 이거면 시청자도 좋아할 캐릭터가 되겠어."

"하비 박 턴도 재밌겠어요."

엔지니어가 잡은 화면 속 하비 박은 차혜주에게 작은 소리로 작전 지시를 하고 있었다.

"마이크 좀 키워 봐."

ー백 선생님 다음 강민호로. 저 둘 동전이 0이니까 한 번에 보낼 수 있어. 날 믿어봐요.

ー해볼게요, 변호사님.

1라운드 3턴 중반.

정서연이 일반인의 능력으로 동전 7개가 되고, 장동묵까

지 일반인의 능력으로 동전 0개에서 3개가 됐다. 그리고 이
상철의 차례가 왔다.

"더블 획득하겠습니다."

"제가 일반인 카드 보유하고 있으니 막겠습니다."

윤수원이 저지하자 이상철이 눈을 치켜떴다.

"어이, 수원 씨. 우리 아무 사이도 아니잖아."

장동묵이 이상철의 어깨를 툭 치며 말했다.

"형님. 상대가 뭘 할 때마다 지지하게 그러지 좀 말아요.
신사적으로 좀 게임 합시다."

"야, 그래도……."

"열 받으면 의심을 하시던지요. 수원 씨 동전 6개인데 담
턴에 뒤질라고 그러시나."

이상철은 윤수원의 동전 보유 상황을 파악하고 깨갱하며
턴을 넘겼다.

하비 박의 차례가 왔다. 백민수를 보며 공개되지 않은 오
른쪽 카드를 만지작거리던 하비 박이 말했다.

"이 래퍼 카드로 백민수 씨를 '디스'하겠습니다."

바로 옆에서 구경하던 장동묵과 이상철의 눈이 커졌다. 특
히 이상철은 이미 공개된 하비 박의 카드가 래퍼인 것을 보
고 놀라서 되물었다.

"래퍼가 2장이었다고?"

하비 박은 묘한 미소와 함께 카드를 짚을 뿐이었다. 1점 남은 상황에서 백민수를 상대로 블러핑을 시도하기란 보통의 강심장 갖고는 할 수 없는 일. 이상철은 의심할 생각을 할 수가 없었다.

1라운드의 승부처가 될 수 있는 상황에서 칼자루는 백민수에게로 넘어갔다.

"의심하실 분 있으십니까?"

딜러의 질문에 백민수는 하비 박의 얼굴을 살펴보았다.

"박 변호사님 포커 하시면 잘하겠어요."

백민수는 자신의 오른쪽 카드를 가리켰다.

"변호사 카드로 '변론'하겠어요."

이번에는 시선이 하비 박에게로 쏠렸다. 백민수의 카드가 변호사가 아니라고 의심해 볼 수 있는 단계였다. 백민수가 거짓말했음이 밝혀지면 래퍼의 능력과 더불어 한 번에 2점이 깎일 수 있다.

"백 선생님은 아주 좋은 변호사를 두셨네요."

하비 박이 동전 3개를 내고 물러섰다.

폭풍이 몰아칠 것 같은 분위기가 사라진 것도 잠시, 다음 턴의 차혜주가 곧바로 말했다.

"래퍼로 백민수 선생님을 공격할게요."

"변호사로 막겠어요."

대부분의 참가자는 백민수를 래퍼로 공격한다는 건 무의미하지 않나 하는 시선으로 차혜주를 바라봤다. 그러나 차혜주는 당당히 말했다.

"의심이요."

백민수의 카드가 공개됐다. 변호사가 등장하자 그러면 그렇지 하는 표정들이 됐다.

"의심이 실패했음으로 카드 1장을 공개해 주세요. 백민수 씨는 변호사 카드를 내고 이곳에서 새 카드를 받아 가세요."

차혜주가 연기자 카드를 공개했다.

하비 박과 차혜주의 연속 공격에 둘의 연합이 만천하에 드러났다. 장동묵은 둘을 보며 고개를 흔들었다.

"뭐야, 소득도 없이 손해만 봤어. 저럴 거면 연합하지 말아야지. 안 그래요, 상철이 형?"

"나도 너랑 연합해서 손해만 봤는데?"

"응? 우리가 연합했었어요?"

"야, 네가 끝까지 같이 가자고 했잖아!"

티격태격하는 대화를 듣던 민호는 속으로 고개를 저었다.

'손해가 아니야.'

백민수의 보호막인 변호사 카드가 의심으로 인해 새 카드로 교체받은 것은 큰 문제다. 백민수의 동전은 0개니까.

하비 박과 차혜주 연합 둘 다 래퍼를 들고 있다고 주장하는 가운데, 3개로 영향력 점수를 깎을 수 있는 사람과 7개를 모아야 깎을 수 있는 사람의 파워 차이는 클 수밖에 없었다.

3턴의 마지막 최허준은 장동묵을 가리키며 말했다.

"받은 게 있으니 돌려드립니다. 래퍼로 장동묵 씨를 공격!"

장동묵은 2, 3턴에 래퍼와 일반인을 사용한 것으로 변호사가 없음을 알린 것과 다름없었다. 그랬기에 안전제일로 플레이 중인 최허준은 자신 있게 공격해 갔다.

래퍼를 변호사로 막겠다고 하고, 변호사가 없는 것을 들키면 2점이 한 번에 깎인다. 장동묵은 그 위험을 감수하지 못하고 고개를 끄덕였다.

"으으. 뿌린 대로 거두네. 허준 씨 우리 다음 턴에는 사이좋게 가요."

장동묵이 도박사 카드를 공개했다. 래퍼도 일반인도 아닌 카드였기에 이상철의 눈이 휘둥그레졌다.

"동묵이 너 입 진짜 잘 턴다."

"이게 실력이에요, 형님."

4턴이 시작됐다.

백민수는 일반인의 능력으로 동전 3개를 가져갔고 차례를 넘겼다.

'어떻게 할까?'

민호는 그의 카드를 살짝 들어 확인해 보았다.

왼쪽에 '연기자', 오른쪽에 '변호사'.

탐색전 성격이 강한 1라운드라지만 높은 순위를 차지해서 나쁠 건 없다. 그랬기에 민호는 이번 턴에는 꼴찌가 나와 줘야 한다는 생각이 들었다. 그러나 들고 있는 카드 본연의 능력만으로는 힘들었다.

테이블 아래에만 카메라 열대가 위치해 있고 모두의 시선이 차례를 수행하는 참가자에게 고정되는 상황에서는 회중시계와 동전을 꺼내기도 애매했다. 비장의 무기를 고작 첫 라운드에 사용할 필요까지도 없고.

'던져 놓은 미끼로 낚시나 한번 해볼까?'

민호가 왼쪽 카드를 짚었다.

"저는 이 연기자 카드의 능력을 사용⋯⋯."

말을 멈춘 민호가 딜러를 바라봤다.

"연기자 카드의 '교체'로 1장만 바꿔도 되나요?"

"네, 그건 가능합니다."

민호의 말에 진큐가 벌떡 일어섰다.

"이 짜식이!"

방송이라 평소 내뱉던 거친 입담을 발휘 할 수 없는 진큐가 잔뜩 열 받은 표정으로 말했다.

"전에는 도박사랬다가 아까는 래퍼랬다가. 지금은 연기

자냐!"

"몰랐어?"

"뭘!"

민호는 왼쪽의 카드에 톡톡 손가락을 건드리며 말했다.

"이 게임은 턴마다 카드가 바뀌어. 그거 생각 못 하고 있으면 눈뜨고 당한다. 너처럼."

"젠장! 의심!"

딜러가 물어보기도 전에 진큐가 강민호를 지목했다. 될 대로 되라는 식의 표정에 민호는 싱긋 웃으며 왼쪽 카드를 뒤집었다.

연기자 카드가 나오자 진큐를 제외한 모든 이가 흥미롭다는 눈초리로 강민호를 바라봤다.

"내 잘못 아니야. 두 번 다 네가 괜히 의심해서 이렇게 된 거야."

"으아아!"

2번의 의심 실패로 진큐가 1라운드 최하위로 정해졌다.

민호는 의심으로 인해 공개된 연기자를 앞에 내고 다른 카드로 교체 받았다. 이번에 받은 것은 '일반인'으로 나쁘지 않은 카드였다.

동전 6개인 윤수원이 일반인의 능력을 써 동전 9개가 된 가운데, 동전 7개인 정서연의 차례가 왔다.

"이젠 영향력이 1점밖에 없는 분이 더 많네요."

다른 사람을 견제 안 하고 묵묵히 자기 플레이만 해온 정서연이기에 마땅히 공격할 상대를 찾지 못해 고민에 빠졌다.

"정 아나운서."

옆에 있던 장동묵이 다 들리라는 듯 크게 속삭였다.

"상철이 형 피곤하신 것 같아요. 아까부터 오줌 마려우시다는데."

"얌마!"

정서연이 피식 웃으며 아직 점수가 깎이지 않은 세 사람을 살폈다. 윤수원과 백민수, 그리고 강민호. 게임을 오래하고 싶다면 저들 중 하나를 공격하는 게 맞겠으나, 이건 어쨌든 큰 상금이 걸려 있는 게임이었다. 그녀는 꼴찌가 나온 이상 한 순위라도 올릴 수 있는 방법을 찾는 게 옳다고 판단했다.

정서연이 최허준을 미안하다는 눈빛으로 쳐다봤다.

"죄송해요, 최허준 씨."

"게임인데요, 뭘."

애써 담담한 표정을 지어 보이는 최허준은 장동묵에게 공격당한 데 이어 정서연에게 공격당해 9위가 됐다.

장동묵은 자신의 차례가 되자 카드를 가리키며 말했다.

"연기자 카드 능력을 써 교체할게요."

이상철의 눈이 커졌다.

"너 카드 2장을 전부다 구라…… 아니지, 뻥친 거였어?"

"아, 이 형님. 쫑알쫑알 말 많네."

"쫑알? 이게 뻥 좀 잘 친다고 무시하네."

구시렁거리던 이상철이 동전 1개를 받아갔다. 하비 박과 차혜주까지 동전 1개를 받는 것으로 턴이 끝났다.

아웃된 이가 속출한 채로 5턴이 찾아왔다.

턴 시작과 동시에 백민수가 새로 받은 카드를 찍으며 차혜주를 가리켰다.

"도박사로 차혜주 씨의 동전을 가져 올게요."

"아…….'

차혜주는 어떻게 하나는 눈길로 하비 박을 바라봤다. 하비 박은 미미하게 고개를 흔들어 보였다. 안전제일주의로 플레이하는 백민수기에 거짓말은 하지 않을 것이란 판단이었다. 차혜주는 감히 의심을 못하고 가진 동전 2개를 빼앗겼다.

민호는 새로 받은 카드를 찍으며 말했다.

"일반인의 '출근'을 활용해 동전 3개를 받겠습니다."

"카드는 하난데 어째 너는 매 턴마다 다른 능력을 쓰냐?"

꼴찌 진큐가 툴툴거렸다.

"그러게."

민호가 진큐의 비꼼을 여유 있게 대처하는데 윤수원이 손을 들었다.

"의심하겠습니다."

과감하게 찔러보는 윤수원을 향해 민호는 일반인을 공개하는 것으로 미안함을 전했다. 윤수원의 점수가 1점이 됐다.

진큐는 고개를 휘저었다.

"와, 저거는 운도 좋아."

"진큐야, 진큐야."

장동묵이 진큐를 보며 입을 닫으라는 듯 지퍼를 닫는 동작을 선보였다.

"꼴찌가 끼어들 게임이 아니야, 이제."

"고작 1라운드 진 것뿐입니다. 이제 이 게임 다 파악했다고요."

"네, 다음 꼴찌."

"으……."

동전 9개인 윤수원은 방금의 의심이 실패해 점수가 1인 상황이었다.

"생각 같아서는 막강해 보이는 강민호 씨, 백민수 선생님을 공격하고 싶지만. 순위는 일단 높을수록 좋으니까요."

윤수원이 장동묵과 이상철을 바라봤다. 장동묵의 짙은 눈썹이 꿈틀했다.

"수원아. 형이야. 우리 밥도 한번 먹었잖아."

이상철도 이에 질세라 말했다.

"수원아, 나 네 영화 다 봤다. 데뷔작 틴세븐, 러브 앤 워, 미생물까지. 쫙 꿰뚫고 있어."

윤수원이 손가락을 들어 올렸다.

"어.느.분.을.죽.일.까.요."

장동묵이 움찔했다.

"나냐!"

"딩.동.댕."

윤수원이 동전 7개를 내며 말했다.

"이상철 씨에게 '실력 행사'의 영광을 돌리겠습니다."

안도의 한숨을 쉰 장동묵이 이상철의 어깨를 두드리며 말했다.

"다음 턴엔 잘해봐요, 형님."

이상철이 8위로 패배한 가운데, 정서연의 차례가 왔다.

"도박사의 능력으로 백민수 선생님 동전을 가져올게요."

게임 시작하고 공짜 동전과 일반인의 능력만 활용하던 정서연이 처음으로 백민수를 견제했다. 현재 5개로 가장 많았기에 선택한 일.

백민수 옆에 앉아 있던 민호는 정서연과 눈이 마주치자 착잡한 표정으로 고개를 흔들어 보였다. '왜요?'하는 정서연의 의문 어린 눈빛은 백민수가 행동으로 답을 주었다.

"같은 도박사 카드가 있기에 훔쳐올 수 없어요."

"맞다! 취소는 안 되는 거죠?"

딜러는 고개를 끄덕였다.

"도박사 카드가 없다고 의심은 하실 수 있습니다."

"그건……."

정서연은 고민하다 어차피 3명이나 아웃된 상황에 될 대로 되라는 식으로 말했다.

"의심!"

백민수가 오른편의 카드를 펼쳤다. 공개된 것은 도박사. 정서연은 그러면 그렇지 하며 그녀의 카드 중 한 장을 공개했다. 백민수는 새 카드로 교체 받았다.

"가만히 동전이나 받을 걸 그랬어요."

"아니요, 정 아나운서. 시도는 좋았어요. 전 턴에 카드를 교체해 운 좋게 도박사를 들게 된 거니까."

백민수는 자신을 공격했던 정서연에게마저 푸근한 웃음을 지어 보였다.

다음 차례가 된 장동묵은 자신의 1장 남은 카드를 다시 살폈다. '연기자'카드. 연기자를 버렸더니 다시 연기자가 돌아온 열 받는 상황. 그러나 다른 카드인 척해야 이번 턴을 버틸 수 있었다.

"저는 래퍼로……."

1장인 사람을 공격하면 죽자 사자 의심을 해올 위험이 있었다. 때문에 장동묵의 타깃은 강민호, 백민수가 될 수밖에 없었다.

"강민호 씨를 공격하겠습니다."

민호는 장동묵을 바라보며 고심했다. 현재 그의 카드는 '일반인'과 '변호사'로 래퍼의 공격은 충분히 막을 수 있는 구성이었다. 그러나 변호사를 공개해 교체되는 건 좋지 않다. 하비 박과 차혜주 둘 중 하나가 죽지 않으면 언제든 래퍼의 저격을 당할 확률이 높으니까.

승부수를 던질 시간.

그래도 승산은 있다는 생각이었다. 장동묵은 게임 내내 과감히 거짓말을 해왔으니까.

"의심하겠습니다."

"응? 나를? 내 래퍼를?"

"네."

"에잇!"

딜러가 체크하기도 전에 장동묵이 카드를 뒤집어 공개했다. 나온 것은 연기자 카드.

"첫 라운드 7등이면 잘한 거지 뭐."

장동묵도 패배했다.

하비 박의 차례가 왔다. 동전 3개인 그는 신경전을 벌여온 백민수를 노릴 수 있는 상황이었다. 그러나 그의 선택은 정서연이었다.

"아……."

턴 시작에 영향력 2점이었다가 단박에 6위로 밀려난 정서연은 그제야 이 게임의 무서움 한 가지를 느꼈다. 2점이라고 여유부리다가는 당한다는 것.

"보기보다 어렵네요, 이 게임."

하비 박은 담담히 대꾸했다.

"게임이 어려운 게 아니라 사람이 어려운 거죠."

차혜주는 더블 획득을 시도하면 당연히 일반인에 막힐 것이기에 별말 없이 동전 1개를 받았다.

다섯 명이 남은 6턴은 강민호와 백민수의 독무대였다. 동전을 3개씩 모으는 그들과 1개를 모을 수밖에 없는 나머지들의 싸움.

7턴 역시 같은 패턴으로 끝나고, 8턴 시작과 동시에 동전을 8개를 모은 백민수의 공격은 강민호를 향했다.

"이제 1위를 생각해야 할 시기라 이거군요."

민호는 게이머의 입장에서 이해하고 고개를 끄덕였다. 새로 교체 받아 또 '일반인'이 나온 카드와 '변호사'중에 어떤 카드를 공개하는지가 남았다. 변호사를 남겨야 하는 까닭은

하비 박과 차혜주 둘 다 래퍼를 들고 있기 때문이었다. 그럼에도 민호는 변호사를 공개했다.

저 새로 교체 받은 백민수의 카드가 뭔지 모르는 이상 승부수를 던질 때였다.

민호는 그의 차례가 되자마자 말했다.

"일반인으로 3개를 받아오겠습니다."

8턴도 동전 보유로만 종료됐다.

서로 간에 동전이 어느 정도 모인 9턴이 찾아왔다.

동전 1개인 백민수가 3개를 받아가는 대신 오른쪽 카드를 가리키며 말했다.

"연기자 카드를 활용해 교체할게요. 1장만."

의심은 아무도 하지 않았다. 백민수가 변호사 카드를 찾고 있음을 알기에. 새 카드를 받은 백민수의 표정은 석가모니의 자비로움 그 자체였다.

'생각을 좀 해볼까?'

민호는 1위를 노려보기 위해 백민수를 공격한다면 하비 박과 차혜주의 연이은 공격에 자신까지 죽을 위험이 높다고 생각했다. 그렇다고 백민수를 살려두자니 그것도 위험하다. 다음 동전을 모으기 전에 윤수원이 먼저 7개가 되니까.

'백 선생님의 새로 받은 카드가 변호사이냐 아니냐의 문제

인데.'

이렇게 고심하던 그때 하비 박이 말했다.

"선택은 그쪽 하기 나름이지만, 우릴 이번 한번 살려주면 민호 씨 1등 만들어 주겠어요. 윤수원 씨는 변호사라 저희가 건드릴 수 없거든요. 그러나 민호 씨는 다르죠."

협박과 회유. 하비 박은 직설적으로 본론을 꺼냈다.

민호는 그걸 어떻게 믿을 수 있느냐는 유치한 물음은 하지 않았다. 뒤통수를 맞는 것도 도움을 받는 것도 하비 박의 말마따나 게임이 아닌 사람에 관계된 문제니까.

그러나 민호는 1등을 못 할지라도 휘둘리고 싶진 않았다.

"일반인을 사용해 동전 3개를 더 받겠습니다."

민호의 동전은 12개가 됐다.

"誼개가 넘어가면 다음 턴에 자동으로 '실력 행사'를 사용해야 합니다."

딜러의 말에 민호는 고개를 끄덕였다. 한 턴 지켜보겠다는 민호의 선언에 하비 박이 묘한 미소를 지었다. 이후 윤수원은 동전을 받아 보유량을 6개로 늘렸다.

하비 박의 차례.

"백민수 선생님. 그 카드 변호사입니까?"

"글쎄요."

"아까는 좋은 변호사를 둬서 살아나셨지만, 지금은 안 될 것 같습니다. 래퍼를 이용해 백민수 씨를 공격합니다."

"변호사로 막을게요."

교체한 오른쪽 카드를 찍어 보이는 백민수. 하비 박은 팔짱을 끼고 생각에 잠겼다.

"이번 변호사도 왠지 좋은 것 같군요. 좋습니다. 인정하죠."

하비 박은 의심을 하지 않기로 결정하고 물러났다.

"아니, 변호사 있는 거 알면서 왜 그런데?"

장동묵이 이해가 가지 않는다는 듯 고개를 흔들었다. 민호는 가장 죽이기 쉬운 자신을 공격하지 않았다는 것에서 약속을 지켰음을 깨달았으나 아직 차혜주가 남았기에 긴장을 풀지 않았다.

그러나 차혜주의 래퍼가 향한 것은 다시 백민수였다. 백민수는 고심하다 오른쪽의 변호사를 사용하지 않았다.

"이번엔 그냥 당할게요."

하며 오른쪽 카드를 공개했다. 변호사가 아닌 도박사 카드였다.

민호는 그제야 짧은 사이 백민수가 벌인 수 싸움이 어떤 것이었는지를 깨달았다.

처음 하비 박에겐 거짓을, 지더라도 확인을 불사할 것 같은 차혜주에게는 진실을. 확신이 없다면 하지 못할 유연한 대처였다.

10턴의 시작은 동전 12개인 민호에게 칼자루가 쥐어졌다.

누굴 5위로 만드느냐.

민호는 아무래도 일반인 카드를 보유한 백민수가 가장 껄끄러웠다. 일반인으로 3개를 받아 이번 턴에 벌써 5개가 됐다.

래퍼를 든 연합은 3턴을 노력해야 공격이 가능한 상황. 그러나 이번 턴에 7개를 모을 윤수원에게 자신도 당할 위험이 있기에 일단은 타깃이 정해졌다.

"윤수원 씨에게 '실력 행사'를 하겠습니다."

윤수원이 5위로 밀려나고, 11턴은 동전을 모으는 것으로 금방 지나갔다.

대망의 12턴째. 단 4명 남은 상황에, 동전은 민호 8개, 백민수 7개, 하비 박 2개, 차혜주가 3개가 됐다.

백민수의 턴이 시작됐다.

"민호 씨가 8개네요."

민호는 재빨리 말했다.

"저를 죽이면 다음 턴에 저 연합을 막을 방법이 없습니다."

이렇게 말해놓고 백민수가 그걸 모를 리 없다는 생각이 든 민호는 싱긋 웃고 말았다.

"알아서 해주세요."

첫 라운드 4위라면 그것도 나쁘지 않은 결과니까. 백민수는 동전 7개를 내밀며 말했다.

"저는 박 변호사님에게 '실력 행사'를 할게요."

이로써 하비 박이 4위가 됐다. 민호는 백민수와 차혜주를 고민하다 차혜주를 공격해 3위로 만들었다.

턴의 순서상 백민수가 먼저 7개를 모을 수 있기에 이후의 자연스레 1, 2위가 결정됐다.

"1라운드가 종료됐습니다. 참가자들은 10분 휴식한 뒤에 바로 2라운드를 시작하겠습니다."

딜러의 선언에 장동묵이 자리에서 일어났다.

"한 판 하는데 이리 삭신이 쑤시냐."

"맞아. 정신 노동하는 느낌."

이상철이 맞장구 쳤다.

실제 걸린 게임 시간은 20여 분 남짓. 민호는 펜타스톰의 평균 게임 시간이랑 비슷하다는 생각에 속으로 웃었다.

'2위면 안정권이겠지?'

방송 통제실 안.

천 PD는 방으로 흩어진 참가자들을 모니터링하는 데 정신이 없었다.

"저 방에 꽤 많이 모였네."

천 PD의 말에 조연출과 엔지니어들의 시선이 창고로 꾸며진 방을 향했다. 마이크의 볼륨이 올라갔다.

-이거 완전 필승법인 것 같은데요?

-대박. 박변 이거 천재 아니야?

하비 박을 필두로 모여 앉은 다섯 사람. 그들은 5종류의 카드를 자기들만 알 수 있는 신호로 주고받는 작업을 하고 있었다.

그에 반해 나머지 다섯은 각자의 자리에서 휴식을 취하는 게 다였다.

천 PD는 그 와중에 대화를 나누고 있는 강민호와 백민수의 모습에 시선을 던졌다.

"이게 왜 영향력 게임인지 이해한 한 사람과 게임을 잘하는 두 사람의 대결이라. 1회전 예고 구도로 나쁘지 않겠어."

"그러다 백 선생님이나 강민호 씨가 떨어지면요?"

"그것도 이 프로의 묘미겠지."

2라운드의 첫 차례는 전 라운드 꼴찌 진큐부터였다.

민호는 시작부터 분위기가 심상치 않음을 느꼈다. 확 열받아 자신을 들이받을 줄 알았던 진큐가 조용히 동전만 모으고 있는 것이다. 그것도 일반인 카드로 3개를. 표정이 흔들리지 않는 상대를 운에 맡겨 의심한다는 것은 쉽지 않은 일이었다.

한 바퀴를 다 돌았을 즈음, 민호는 일반인이라 주장한 사람이 5명 넘는다는 것을 깨달았다. 문제는 자신이 일반인 카드를 들고 있다는 점이었다.

"일반인으로 3개를 받겠습니다."

"뭐야? 일반인 5개나 나왔는데. 이거이거, 전 판에도 거짓말 살살 하더니 한번 봐야겠어. 의심!"

이상철의 의심으로 민호의 일반인 카드가 공개됐다.

"아!"

아쉬워하는 이상철은 목소리와는 달리 눈빛이 담담했다.

'뭔가 이상해.'

2번째 턴 역시 일반인의 러쉬와 의심이 이어졌다. 변호사를 의식한 까닭인지 의외로 래퍼는 등장하지 않았는데, 그 와중에 의심을 해본 최허준과 정서연만 영향력 점수가 1 깎였다.

민호는 2턴에 일반인이 있는 척 거짓말을 했으나 의심받지 않았다.

3턴의 시작.

동전이 7개인 진큐가 민호를 보며 웃었다.

"복수할 기회가 왔어."

"나도 동전 7개인데?"

"후후."

진큐의 '실력 행사'로 민호의 점수가 깎였다. 정서연과 장동묵이 동전을 받는 사이 이상철이 민호를 지목했다.

'어라?'

단박에 꼴지가 된 민호. 진큐가 샘통이라는 눈길을 보냈다. 하비 박과 차혜주가 백민수를 공격해 점수를 깎자 3턴 만에 1라운드 1, 2위가 아웃되는 이변이 벌어졌다.

대놓고 벌이는 한 사람 죽이기는 2라운드 내내 계속됐다. 장동묵과 정서연, 윤수원까지 내리 아웃을 당했다.

1라운드 꼴지였던 진큐와 최허준이 1, 2등을 하는 것으로 2라운드가 끝났을 때. 하비 박이 말했다.

"탈락하고 싶지 않으면 이번 휴식 시간에 창고로 오세요. 선착순이니 한 사람은 못 들어옵니다."

하비 박의 선전포고에 연합했음이 밝혀졌다.

2라운드가 끝나자 영향력 게임이 한 사람을 죽이기 아주 편한 게임이란 걸 모두가 알게 됐다.

2라운드 휴식 시간.

메인홀에 덩그러니 남아 있던 사람 중에 눈치를 보던 윤수원이 창고로 들어갔다.

"미안해요. 1회전 탈락은 할 수 없어서."

이로써 연합이 아닌 인원이 4명으로 줄었다. 정서연은 고민하다 강민호에게 시선을 돌렸다.

"민호 씨는 안 가요?"

"저는 괜찮아요."

믿는 구석이 있는 건지 민호는 전혀 걱정스런 표정이 아니었다.

정서연은 바로 옆의 장동묵에게 시선을 돌렸다.

"동묵 씨는요?"

"저기 따라가면 쩌리밖에 더 돼? 그럴 바에는 멋지게 플레이하고 데스매치 가서 살아 돌아오는 게 백배 낫지."

고심하던 정서연의 시선이 백민수를 향했다. 백민수는 친절한 웃음으로 마주보며 말했다.

"밸런스가 안 맞는 게임은 재미없어서 말이에요."

"지금도 밸런스가 안 맞는 거 아녜요?"

"생각하기 나름이지요. 게임은 심플하니까."

정서연은 결심한 듯 메인홀에 남았다. 가만히 서 있던 장동묵이 남아 있는 사람들을 훑어보며 말했다.

"어차피 저쪽은 대놓고 연합인데 우리도 연합합시다. 열심히 싸워 보고 여기서 데스매치 가는 사람 나오면 저 연합팀에서 하나 선택하고."

민호는 상관없었으나 백민수의 의향이 궁금하여 물었다.

"장동묵 씨랑 정서연 씨 현재 합산 점수는 꼴찌인데 그래도 5라운드까지 일방적인 게임이 되지 않게는 도와줘야 하지 않을까요?"

백민수가 민호를 바라봤다.

"단지 그 이유 때문에?"

저 팀이 원망스럽지 않느냐, 불합리한 공격으로 게임 자체가 힘들어 지지 않느냐는 물음이 담긴 눈빛이었다.

민호는 가볍게 웃으며 대답했다.

"누가 불리한 게임을 하게 될지는 두고 봐야겠죠."

"뭐 생각이라도 있어요?"

정서연이 호기심 어린 눈으로 민호를 바라봤다.

"여기서 얘기하기는 그렇고 응접실에서 얘기하죠."

3라운드.

전 라운드 최하위 민호로부터 게임이 시작됐다.

민호는 시작과 동시에 테이블을 한차례 둘러보았다.

혼자만 플레이 한다면 연합에 최대한 대적해 보고 사실상 꼴찌만 안 하는 선에서 1회전을 종료할 생각이었다. 평점 보너스도 1회전에서는 탈락하지 않는 한 많이 받을 수 없으니까.

그러나 조력자가 있다면 얘기는 달라진다. 플레이 양상에 따라 충분히 1위를 노려 볼 수도 있는 것이다. 그것이 가능한 이유는 다름 아닌 동전 때문이었다.

1, 2라운드를 진행하며 카메라의 위치도 대략 파악했고 사람들의 시선이 집중되지 않는 때도 파악이 끝났다. 회중시계야 덩치도 있고 1분의 시간이라는 제약 때문에 꺼내 들 타이밍을 찾기가 쉽지 않지만, 동전은 다르다.

동전을 튕겨보는 행위 자체를 어색하지 않게만 진행한다면 답이 나와 있는 문제를 파악해 버리면 그만이니까.

이를 테면, 뒤집어져 있는 카드가 무엇인지 같은.

첫 번째 턴. 민호가 동전 1개를 받고 순서를 넘기자 윤수원은 일반인 카드의 능력을 사용했다.

민호는 장동묵에게 짧게 고개를 끄덕였다. 장동묵이 곧바로 손가락을 들어 윤수원을 가리켰다.

"의심!"

"네?"

"연기력이 너무 떨어져. 이 형이 끝나고 좀 가르쳐 줄게."

윤수원이 어두운 얼굴이 되어 카드를 공개했다. 공개된 것은 연기자 카드였다.

"그렇지!"

조력자가 된 장동묵과 정서연, 백민수에게는 이번 라운드에 상대방이 주고받는 암호를 파악할 수 있을 것 같다고 둘러댔다. 실제로 전 라운드 내내 관찰해 봤으나 알아채지 못

했지만, 이 변명은 효과적으로 먹혔다.

게다가 동전과 함께 하비 박 연합의 행동을 주시하니 어떤 암호를 사용했는지 뻔히 보였다. 카드는 5종류뿐이고 동작도 5개면 간단히 정할 수 있으니까.

상대방이 거짓말을 하는지 아닌지에 대한 파악이 끝나자 게임을 지배하는 건 민호와 세 사람이 됐다.

3라운드가 끝났을 때 상황은 다시 역전이 되어 하비 박의 연합이 나란히 밑에서 6번째를 차지했다.

"박변. 어떻게 된 거야?"

3라운드 결과로 총 점수 최하위가 된 이상철이 따졌다.

"암호가 들킨 것 같네요."

"아, 박변 말대로 바꿀걸 그랬어."

"기억하기 귀찮더라도 그래야 할 듯합니다."

민호는 소용없음을 알았지만 저 대화 때문에 4라운드에는 동전 사용을 제한해야겠다는 생각이 들었다.

말로써 설명할 수 있는 문제가 아닌 이상, 운으로 찍어 맞췄다고 우기기에는 아직 가야 할 길이 멀었다.

들켜서 집안 대대로 내려오는 능력을 설명하기보다는 적재적소에 은근슬쩍 사용하는 것이 덜 귀찮다. 우승을 노려보려면 앞으로 적어도 8회전은 버텨야 하니까.

3라운드 종류 후 휴식 시간. 민호는 세 사람과 응접실로 향했다.

"와, 민호 작전 대박이었어. 서연 웨이타. 어서 가서 차 좀 내와. 백 선생님은 이쪽에 앉으십쇼!"

"동묵이는 기분 좋나봐."

"그럼요, 슨생님!"

장동묵은 민호와 정서연을 어느새 친근한 동생으로 대하고 있었다. 게다가 그가 막무가내로 말 놓으라고 채근한 덕분에 누구에게나 예의를 갖추던 백민수까지 세 사람을 편하게 대하게 됐다.

"다들 점수가 높아졌으니까 탈락 걱정은 없겠어. 이 멤버 좋아. 우리 끝까지 가자."

민호는 자리에 앉으며 고개를 흔들었다.

"협력하는 건 이 게임에서만인 걸로 해요."

"아니, 왜?"

장동묵이 눈을 치켜떴다.

"계속 가다가 저희 넷만 남으면 어차피 대결해야 해요. 우승자는 한 명뿐이니까. 그럼 그때 가서 친하다고 저한테 져주실 건 아니잖아요. 매 게임에만 충실해서 상황 되면 협력하는 거고, 아니면 대결하는 거고. 그게 낫지 않아요?"

"프로게이머라더니 진짜 쿨하게 게임하네. 맘에 들어. 모여서 작당하는 것들보다 훨씬 낫다. 그래도 나는 나중에 견제해라."

민호와 장동묵의 대화에 백민수는 말없이 미소만 지었다. 한쪽에서 차를 우려 온 정서연이 자리에 앉으며 물었다.

"다음 라운드는 암호 바꾼다는데 어떻게 해요?"

장동묵이 이 물음에 입을 벌리며 같이 물어왔다.

"맞아. 이거 어쩌지?"

민호는 걱정 말라는 듯 대답했다.

"호흡이 잘 맞으니까 6:4의 싸움도 할 만할 거예요."

"민호가 그렇다면 그런 거겠지. 그렇죠, 백 선생님?"

"그럼. 민호는 게임 잘하니까."

세 사람이 보이는 무한한 신뢰에 민호는 왠지 청춘일지 촬영 때의 걸세븐을 떠올랐다.

화기애애해진 분위기로 10분의 휴식을 즐기고 있던 때에 방문이 열렸다. 윤수원이 얼굴을 들이밀자 일순 방 안에 어색한 기류가 형성됐다.

"저기요, 여기 들어와도 되나요?"

장동묵이 단호히 고개를 저었다.

"넌 저쪽 팀이잖아. 꺼져!"

"갔는데도 하위권을 못 벗어나서 다시 왔어요."

"안 돼. 박 변호사가 심은 스파이일 줄 어떻게 알아."

"아닌데······."

윤수원이 시무룩한 표정으로 고개를 숙였다. 그를 가만히 지켜보던 백민수가 입을 열었다.

"스파이는 아닌 것 같아."

"네? 그걸 어떻게 아세요?"

장동묵의 반문에 백민수는 그저 웃을 뿐 정확한 대답은 하지 않았다.

"서연이나 민호 생각은 어때?"

정서연은 잘 모르겠다는 듯 고개를 흔들었고 민호는 고개를 끄덕였다.

"4라운드에 혹시 배신을 하게 되면, 저희 넷이 윤수원 씨 하나는 꼴찌 만들 수 있으니 괜찮지 않을까요?"

"아하! 수원아. 드루와 드루와."

"저······ 괜찮겠죠? 놀랄 일 없겠죠?"

윤수원이 자리에 앉자 5:5의 대결 구도가 됐다.

4라운드 시작 전.

민호는 메인홀로 가기 위해 자리에서 일어서다 흠칫하고 말았다. 백민수가 잠깐 손에 쥐고 살피다가 안주머니에 넣은 물건에서 은은한 빛의 잔상을 발견했기 때문이었다.

'애장······!'

눈이 커진 민호가 백민수에게 황급히 달려갔다.

"저, 선생님."

"응?"

"방금 보시던 물건 저도 좀 보여 주시면 안 될까요?"

"이거?"

백민수가 품속에서 꺼낸 것은 꼬깃꼬깃한 트럼프 카드 1장이었다. '스페이드 A'를 손에 올린 백민수는 부끄럽다는 듯 웃었다.

"포커대회 처음 우승했을 때 사용했던 카드지. 되게 낡았지? 20년이 된 거라."

"낡긴요. 멋진걸요! 한 번만 만져 봐도 될까요?"

백민수는 흔쾌히 카드를 넘겨주었다. 민호는 카드를 손에 쥐자 빛이 스르르 사라지는 것을 느끼고 고개를 돌렸다.

'어떤 능력일까?'

－4라운드 시작 3분 전입니다.

방송이 나오자 백민수가 자리에서 일어났다.

"천천히 구경하고 돌려줘. 화장실 좀 갔다가 갈 테니."

"네, 선생님."

민호는 한동안 카드를 들여다보다 능력이 무엇일지 궁금해 응접실을 나섰다. 그러다 창고에서 걸어 나오는 진큐를 발견했다.

"이번 암호는 절대 못 알아챌 거다."

라고 말하는 진큐의 입꼬리와 뺨 사이의 주름이 살짝 올라 갔다. 아주 짧은 순간의 변화였으나 민호는 그것의 의미가 좋아하는 감정이라는 착각이 일었다.

'착각이 아닌가?'

민호는 설마 하여 진큐를 떠보았다.

"이중, 삼중으로 짰나 보지? 그거 다 기억할 수 있겠어?"

"흥. 그 정도일 것 같냐?"

진큐가 한쪽 어깨를 미세하게 들썩였다.

'지금 한 말은 자신이 좀 없어 뵈는데.'

자기가 한 말을 몸이 부정해 버리는 듯한 반사적인 행동이 민호에겐 하나의 언어가 된 것처럼 다가왔다.

"아까는 네 동작이 제일 커서 암호를 알아챘어. 고마워."

"웃기지 마."

수치스러운 것이 분명한 코끝의 찡그림이 그대로 눈에 보 였다. 진큐가 코웃음을 치며 메인홀로 떠나고 민호는 그 자 리에 우뚝 멈춰서고 말았다.

'표정이 다 읽힌다고?'

민호는 카드의 능력이 무엇인지를 확인하고 적잖게 놀 랐다.

그러니까 이 카드의 주인인 백민수는 1라운드 첫 턴부터 상대방이 거짓을 말하는지 진실을 말하는지 파악할 수 있었다는 말이었다. 자신처럼 번거롭게 카드를 확인하는 과정조차 필요 없었다.

"민호야, 이제 가자. 1분 남았어."

화장실에서 나온 백민수가 민호에게 걸어왔다.

민호는 웃고 있는 백민수의 표정에서 아무것도 읽을 수 없음을 깨닫고 등줄기에서 소름을 느꼈다.

포커의 고수라서 가능한 것인지, 백민수의 인생 자체가 파란만장해 경험이 많아서 인지는 알 수 없었다. 그러나 저 정도로 자기 자신을 감추고, 남의 표정을 읽을 수 있다는 건 실로 엄청난 능력이었다.

'우승에서 가장 큰 라이벌이 바로 내 옆에 있었어.'

4라운드의 시작.

민호는 양해를 구해 백민수의 카드를 소지한 채로 게임에 돌입했다.

생각대로 하비 박은 표정을 읽기가 까다로웠다. 옆의 이상철도 삶의 굴곡이 많아서인지 표정을 짓는 게 노련했다. 의외로 연기자인 윤수원은 표정에서 진실이 드러났고, 진큐는 말 그대로 표정의 보고였다.

백민수의 능력을 십분 활용하자 4라운드의 게임 양상도 3

라운드와 다르지 않게 흘러갔다. 아니, 오히려 더 무서웠다.

표정변화가 걸리지 않는 하비 박과 이상철을 초반에 아웃 시킨 탓에 게임은 일방적으로 흘러갔다.

'도박사의 통찰력이라.'

라운드 종료 후 민호는 백민수에게 카드를 돌려주었다.

"구경 잘했습니다. 저도 백 선생님처럼 우승해 보고 기념 카드 같은 게 생겼으면 좋겠네요."

백민수는 부드럽게 웃으며 말했다.

"가능성 높아 보여. 민호가 본 실력을 100프로 발휘하면 말이야."

【4라운드 종료, 현재 점수】
강민호 28, 백민수 28, 정서연 26, 장동묵 24, 최허준 22, 윤 수원 21, 진큐 20, 하비 박 17, 차혜주 17, 이상철 17.

5라운드는 시작과 동시에 꼴찌를 벗어나기 위한 불꽃 튀 는 싸움이 벌어졌다.

하비 박 연합에 내분이 일어나 서로가 서로를 공격하는 가 운데, 공동 꼴찌였던 이상철이 하비 박을 저격하며 데스매치자가 결정됐다.

민호는 다른 누구보다 백민수를 견제하는 것에 주력했다. 5라운드의 1순위는 장동묵이었으나 2위를 차지한 민호와 3위를 차지한 백민수의 점수가 높은 까닭에 1회전의 최종 승자가 결정됐다.

강민호 1위, 백민수 2위, 장동묵 3위. 하비 박 10위.

－최하위가 된 하비 박은 데스매치 상대를 결정해 주십시오.

"박변, 미안하게 됐어."

하비 박을 꼴찌로 만든 이상철이 사과했다. 행여 데스매치로 지목되진 않을까 불안한 마음에 한 사과라는 건 누가 봐도 알 수 있었다.

"기왕이면 우리 몰아세운 저쪽 팀에서 하나 택해주라."

이상철의 말에 정서연과 장동묵이 움찔했다. 지금은 어차피 탈락 게임을 펼쳐야 하는 하비 박이 갑이었다.

하비 박의 시선이 민호를 향했다.

"처음부터 적이 아니라 포섭을 생각했어야 하는 건데. 1등해서 데스매치로 지목할 수도 없고."

민호는 싱긋 웃었다.

"연합이 없었으면 저도 팀플레이를 하진 않았을 것 같네요."

"모르지. 백 선생님과 다른 사람 압살하려고 협력했을

지도."

"그런 성격 아닙니다만."

"그건 두고 보자고."

마치 오늘은 무조건 살아날 수 있을 것 같다는 자신감을 보이는 하비 박.

"제 데스매치 상대로……."

그는 바로 옆에 서 있던 차혜주에게 시선을 돌렸다.

"차혜주 씨를 지목합니다."

차혜주가 당황한 표정으로 하비 박을 바라봤다. 5라운드 내내 협력하고 지시를 따랐는데 어떻게 그럴 수 있느냐는 눈빛에 하비 박이 대답했다.

"원망하실 필요 없습니다. 승산 있어 보이는 상대를 지목해야 살아날 확률이 높아서니까. 다들 이 안에서 차혜주 씨가 가장 좋은 먹잇감이라는 건 공감할 겁니다. 2회전, 3회전 가도 지목당하는 건 차혜주 씨일 테니 이 기회에 저를 이겨 만만치 않다는 걸 입증해 보세요."

합리적이면서도 싸늘한 말에 차혜주의 눈빛도 착 가라 앉았다.

─데스매치 참가자는 메인홀에 남고, 나머지는 응접실에 대기해 주십시오.

민호는 응접실 안의 모니터를 통해 탈락 대결을 지켜보다 놀라고 말았다. 혹시 모를 부정행위를 대비해 딜러에게 모든 소지품을 맡기는 장면이 흘러나온 것이다.

　　'동전과 회중시계는 데스매치에서 쓰기 어렵겠어.'

　　데스매치는 이마에 트럼프 카드 1장을 대고 서로 자신의 패를 모르는 상태로 배팅하는 경기였다. 결과는 모두의 예상대로 하비 박의 승리였다.

　　장동묵이 혀를 찼다.

　　"나부터 살려면 이거 친구고 뭐고 다 버려야 할지도 모르겠어."

　　"동묵아. 너 이미 나 버렸잖냐."

　　이상철의 말에 장동묵은 "훗~"하고 웃었다.

　　"한번 간 좀 본겁니다, 형님. 어쨌든 1회전 살았고 강해져서 돌아오셨잖아요."

　　"이런 양아…… 아, 됐고. 나 데스매치 가면 너 꼭 데려간다."

　　―오늘 게임은 여기까지입니다. 1회전에서 살아남은 9분의 참가자 여러분. 2회전에서 뵙겠습니다.

　　가면 사내의 음성을 끝으로 '더 스마트 게임'1회전 촬영이 종료됐다.

Object : 프로도박사의 에이스 카드.

Effect : 상대방의 표정을 읽을 수 있다.

18.
단합대회와 불꽃남자

8월 1일 투데이 매치업.

펜타스톰 섬머리그 4강 진출자를 뽑는 마지막 경기는 큰 환호와 함께 시작됐다.

『강민호 VS 황준영.』

생물군단 대 생물군단이라는 다소 맥 빠지는 종족대전임에도 명경기를 기대하는 이들의 발길은 끊이지가 않았다.

전략적인 승부사 기질을 보이는 강민호!

뚝심의 운영으로 물량을 뽑아내는 황준영!

발 디딜 틈 하나 없는 관객석의 열기와 더불어 게임 스코어도 1:1. 불꽃 튀는 맞대결의 향방은 3번째 경기에서 판가름 나게 됐다.

초반 멀티 운영에서 밀려 자원수급에 난항을 겪은 민호는 전략을 선회해 후반으로 끌고 가자는 결단을 내렸다. 보통 생물군단 동족전이 15분 안팎에 끝나는 데 비해, 이 게임은 한참 전에 평균 경기 시간을 훌쩍 넘겨 버렸다.

–두 분은 현재 대치 상황 어떻게 보십니까?
–황준영 선수가 유리하죠. 생물군단 동족전의 필수 유닛인 하늘군주의 보유량이 월등하거든요.
–강민호의 조합도 만만치 않아요. 최종테크에서 나오는 갑각군주는 대공이 불가능한 대신 튼튼합니다.

민호가 갑각군주를 뽑아내자 황준영이 잠시 주춤한 듯싶었으나 곧 멀티를 더 늘리며 유연한 운영으로 대응해 왔다.
그렇게 이어진 교전은 향방은 맵의 3분의 2를 장악하고 있는 황준영에게 손을 들어주는 듯 보였다.
민호는 하나 남은 멀티를 지켜내기 위한 치열한 싸움을 앞두고 부대 지정과 동시에 전열을 가다듬었다.
'유닛 하나라도 흘리면 끝장이야.'
요리조리 치고 빠지는 운영이 가능한 하늘군주를 상대로 지상병력의 비중을 높이는 승부수를 던진 마당에 컨트롤 실수라도 하는 날에는 그대로 패하고 만다.

-황준영! 강민호의 멀티 급습!

촉수가 달린 생물군단의 다채로운 지상유닛들이 멀티를 지키기 위해 벌 떼같이 몰려들었다.

-이거 동족전 맞나요? 웬만해선 흔들리지 않는 멘탈갑 황준영이 지상군 대부대에 놀랐죠? 얼굴 보세요.

타 종족전에서나 활용하는 유닛들의 대거 등장에 해설진과 관객들은 좋아했으나 민호는 죽을 맛이었다. 인구수 꽉꽉 채운 대부대의 운용 도중에 단 한순간의 빈틈을 노려 스킬을 사용해야 했으니까.
'조금만 더!'
하늘군주의 컨트롤에 지상부대가 우후죽순으로 쓸려나갔다.

-황준영! 강민호의 병력을 유린합니다!
-상성 차이는 어쩔 수 없는 거죠.

'지금!'
하늘군주 대부대의 머리 위로 여왕의 올가미가 뻗어 나갔다. 속도가 느려진 하늘군주에게 기습적으로 다가간 전갈군주가 전염병을 뿌렸다.

단 5기 남은 민호의 대공유닛 주위에 하늘군주의 반격을 무마하는 모래장막이 펼쳐진 찰나. 전염병에 의해 생명력이 바닥이 된 황준영의 하늘군주가 모조리 산화했다.

―여왕! 전갈군주! 강민호오오오오! 미쳤어요! 미쳤어!

당황한 황준영의 얼굴이 카메라에 잡혔다.

"좋았어!"

민호는 주먹을 불끈 쥐었다. 짜릿한 한끝 차이의 승리였다.

―운영의 대가가 집중력이 흐트러졌어요. 본진에 하늘군주 한 부대가 놀고 있었거든요. 방금 교전에서 하늘군주가 더 추가됐다면 전염병을 맞기 전에 촉수충을 정리할 수 있었을지도 모릅니다.

―역상성이 가능하게 만든 강민호의 집중력이 빛을 발한 거죠.

장장 40분간 벌어진 혈투의 끝이 드러났다.

멀티를 지켜낸 민호가 병력을 짜내 하늘군주를 만들었다.

전갈군주와 함께 적 본진으로 러쉬를 감행하자 공격 가던 황준영의 하늘군주들이 방어를 위해 회군했다.

그러나 극도로 집중하고 있던 민호에게 좋은 먹잇감이었을 뿐이었다. 전염병을 맞은 하늘군주가 속절없이 산화했다.

황준영이 채팅창을 열어 [나이스! -_-;]라고 쳤다. 민호는 씩 웃으며 [감사~ ^_^]라고 대답했다.

-아, 두 선수! 경기 중 채팅 무단 사용으로 사이좋게 경고를 먹습니다!

그리고…….

-황준영 GG! 강민호, 1패 뒤 2승으로 4강 진출을 확정 짓습니다!

-생물군단 동족전을 맵 자원을 다 파먹을 때까지 하다니요. 기존에 기록된 최장시간을 훌쩍 넘긴 초유의 경기 시간이었습니다.

-16강에서 떨어졌던 KG 피닉스의 동료들이 부스로 난입해 축하해 주네요. 훈훈한 광경입니다.

-어어, 강민호! 윤가람 선수의 포옹을 피해 도망칩니다! 경기만큼이나 흥미진진한 추격전! 그러나 부스가 막혀 있어

요. 강민호 헤드록을 겁니다! 윤가람 GG! GG!

E 스포츠센터 앞 주점, '호프 롤스터'.

민호는 연습을 도와주느라 고생한 후배들에게 한턱내기 위해 수제 맥주와 짭조름한 튀김 안주로 인기인 이곳을 찾았다.

"오늘은 먹고 싶은 것 마음껏 먹어."

"사랑합니다, 선배님!"

"사랑은 그냥 너네끼리 하고 주문이나 해."

2층의 한적한 자리에 우르르 몰려가 앉은 다섯은 KG에서도 종족별 주력 라인으로 불리는 게이머들이었다.

자신과 가람이 생물군단, 철순과 박정겸이 수호군단, 김영호와 이정민이 기계군단을 이끌며 가을부터 시작될 팀 단위 리그에서 활약할 예정이었다.

민호는 평소에도 게임단 후배들에게 아끼지 않고 베푸는 편이었으나 펜타스톰만을 플레이하는 직속 후배들만큼은 더더욱 챙겨주고픈 마음이 들었다. 내 식구 같다고나 할까.

메뉴판을 손에 쥔 가람이 선언했다.

"여기 식재료 오늘 전부 쓸어 담고 갑니다!"

민호는 의아한 표정을 지었다.

"가람이 넌 살 뺀다고 하지 않았어? 내기 아직 유효하다. 킬로당 10만 원. 그냥 비싸고 맛있는 걸로만 적당히 먹어."

"그까이 1킬로쯤은 숨쉬기 운동만 해도 빠집니다."

가람이 불쑥 나온 배를 통 두드렸다.

민호는 어쩌 목적의식을 심어주기 위해 내건 내기의 승리자가 자신이 될 것만 같은 예감이 들었으나 기분 좋게 먹는 걸 말리고 싶진 않았다.

소란스러운 주문이 끝나고 각자 생맥주 잔을 하나씩 앞에 두었다.

새콤달콤한 골뱅이 무침부터 육즙이 살아 있는 함박스테이크까지. 호프 롤스터의 간판 메뉴 '매콤 모듬 튀김'이 올라오자 환호성이 일었다.

"잘 먹겠습니다!"

그득한 한상차림에 행복한 눈길이 된 모두가 민호에게 시선을 집중했다. 뭐라도 한마디 해야 할 것 같은 분위기였기에 민호는 헛기침을 짧게 하고 입을 열었다.

"너희가 연습 빡빡하게 안 해줬으면 4강까지 올라가기 어려웠을 거야. 요즘 내가 방송이다 뭐다 바쁘긴 하지만 앞으로도 이런 모임은 자주 갖자고."

"민호 형님이 맨날 쏘시고요?"

철순의 물음에 민호는 싱긋 웃었다.

"니들 다 가람이 몸매 될 때까지 먹어도 상관없으니까 잘 벗겨 먹어봐. 나도 2년 전에는 선배들 무지 벗겨 먹었다."

"네이!"

거품이 찰랑거리는 생맥주잔 6개가 짠하고 부딪혔다. 폭풍 같은 흡입으로 식탐을 뽐내던 가람이 맥주를 한 모금 머금은 민호를 보며 눈을 크게 떴다.

"형 그거 다 드시면 완전히 가는 거 아니에요?"

"한잔 정도는 괜찮아. 소주는 석 잔까지."

"오, 주량 좀 느셨네요."

밤마다 취화정을 흡입한 까닭에 알콜에 대한 저항력이 날로 높아지는 요즘이었다.

"선배님."

식사가 무르익어 가던 중 반대편에 앉아 있던 막내 김영호가 조심스레 물어왔다.

"요즘도 서은하 누님 만나세요?"

"회사 가면 가끔 마주쳐. 새 드라마 들어간다고 무지 바빠 보이더라고. 근데 왜?"

"싸, 사인 좀요."

"너 구하연 팬 아니었어? 저번 청춘일지 촬영 끝나고 한 묶음 줬잖아."

이 말에 옆에 있던 가람이 끼어들었다.

"그건 걸그룹이지 말입니다. 쟤는 여배우의 사인도 갖고 싶은 거예요. 저도 서은하 씨 너무 좋은데 한 장 부탁드립돠!"

민호는 귀찮다는 표정을 지었다.

"연습대전에서 날 3판 스트레이트로 이기면 받아다 주마."

"요즘 민호 형 이기기 여간 어려운 게 아닌데 2판으로 깎아 주시죠."

"협상은 없다."

김영호는 생맥주를 벌컥 들이킨 뒤에 말했다.

"합니다! 저는 꼭 이겨서 얻고 말겠습니다."

"좋아 나도! 개인전은 어차피 민호 형을 넘어서야 우승이 가능하다고."

서은하의 팬으로 보이는 김영호와 가람이 참전의사를 표했다. 민호는 고작 이런 걸로 기를 쓰고 이기려 드는 후배들의 심정을 어느 정도는 이해했다.

'사내의 본능은 어쩔 수 없는 거니까.'

서은하랑 대화 좀 제대로 해보겠다고 정치외교 전공서적을 끼고 지낸 지 어언 두 달째. 민호는 이러다 정치외교학 석사 과정을 밟을지도 모르겠다는 고민을 하고 있었다.

'이참에 이설이 사인도 좀 받아다 쟁여 둘까?'

데뷔 전에도 인기가 그리 높으니 후배 녀석들도 좋아할 것 같은데.

"꺼억~"

그사이 소시지 한 접시를 뚝딱 비워낸 가람이 급하게 손을 들어 올렸다.

"여기 베이컨소시지샤워 추가요!"

가람은 히죽 웃으며 민호를 바라봤다.

"오늘 거덜 내 드리겠습니다, 선배님."

"노력해 봐."

음식을 맛깔나게 먹는 사람이 옆에 있으면 절로 식욕이 동하게 마련이었다. 한 주간의 스케줄이 모두 끝난 저녁. 민호도 부담 없이 즐거운 한때를 만끽했다.

'맞다.'

민호는 후배들과 따로 나오기 전 들은 감독님의 부탁이 떠올라 모두에게 주의를 주었다.

"다들 술은 적당히 마셔. 내일 S1 게임단이랑 단합대회 있잖아."

"공 차고 노는 건데요 뭐. 주력이 제일 약한 민호 형만 조심하시면 될 듯."

이미 4잔을 비워낸 가람은 이제 시작이라는 듯 500㏄ 하나를 더 주문했다.

"근데 여기 생맥주 도수가 좀 되는 것 같아. 수제라서 그런가?"

"응?"

막 잔을 내려놓던 민호가 가람의 말에 되물었다.

"얼마나?"

"보통 맥주 한 잔에 소주 한 잔인데 이건 한 잔에 소주 세 잔은 되는 것 같아요."

"……그래에?"

다음 날.

민호는 눈을 뜨자마자 골이 지끈거려 오는 것을 느꼈다.

'맥주 내려놓은 다음부터 생각이 잘 안 나.'

취해서 필름이 끊긴 것은 똑같은데 취화정과는 전혀 다른 후유증이었다. 차라리 호리병을 챙겨 가 자작이라도 할 것을.

"우욱. 속 쓰려."

부스스 일어난 민호는 곧장 부엌으로 향했다. 그런데 평소라면 누군가는 앉아서 뭔가를 먹고 있어야 할 공간이 썰렁하기 그지없었다.

'다들 안 일어났나?'

정수기에서 물을 받아 벌컥벌컥 들이마시고 나서야 좀 살 것 같았다. 식탁 옆에 앉아 한동안 정신을 차리기 위한 멍을 때리던 중에 민호는 뭔가 찜찜한 기분이 들었다.

아무리 토요일 아침이라지만 이러고 앉아 있으면 안 될 것만 같은 기분이랄까? 어젯밤, '호프 롤스터'에 들어간 기억만 있고 나온 기억이 없다는 사실도 마음에 걸렸다.

띠리리릭!

그 와중에 방에 놓아두던 휴대폰의 벨소리가 울려왔다. 민호는 싸~한 느낌과 함께 방으로 달려가 휴대폰을 손에 쥐었다.

'응? 요한이 형이 웬일이지?'

16강을 두고 벌인 결정전에서 패하고 연락이 뜸했던 정요한이었기에 민호는 의문과 함께 통화를 눌렀다.

–민호야.

"네, 형."

–출발했냐?

"어딜요?"

–오늘 단합대회 있는 날이잖아.

"아⋯⋯."

KG 피닉스와 S1 타이거의 정기 단합대회.

게임판에서는 라이벌이지만 밖에서는 모두가 형 동생 하며 지내는 두 팀이 건강관리를 위해 시작한 체육교류전은 게임단의 연례행사였다.

'이래서 애들 다 안 보인 거였어?'

술 마시면 누가 건드려도 모르는 자신을 두고 출발한 모양이었다. 그러나 이걸 깜박하고 있었다는 것만으로는 찜찜해할 이유가 없었다. 운동 겸 모이는 게임단 행사야 섬머리그 참가 중이라는 걸 핑계로 언제든 빠져나갈 수 있으니까.

─민호야. 근데 오늘 진짜 오는 거 맞지?

"글쎄요. 낮에 가면 땀만 실컷 흘릴 텐데, 저녁때 회식 자리만 참석해도 되잖아요."

─무슨 소리야? 너 말고. 서은하 씨. 나 밤에 네 문자 받고 깜짝 놀랐다.

"서은하 씨가 왜요?"

─네가 같이 올 거라고 했잖아. 친하다고. 기억 안나? 암튼, 나만 여친 데려오면 좀 그러니까 꼭 오시라고 해. 우리 감독님들이 승부욕 무섭잖아. 애들 놀자고 체육대회 추진한 걸 굳이 승패를 나누는 행사로 발전시킨 분들이니까.

민호는 가슴이 덜컥 내려앉았다.

─주장인 내가 울 예쁜 자기랑 옆에 딱 버티고 있으면 우리 감독님이야 든든하시겠지만, 너희 감독님은 얼마나 부러우시겠어. 경기는 열나게 안 뛰더라도 감독님들 기분은 맞춰드릴 짬밥이잖냐 우리가. 오늘 하루만 너나 고생 좀 하자. 기껏 하루 노는 행사 취소되면 큰일이지.

통화가 끝나고 불현듯 호프집에서의 기억이 떠올랐다.

요즘 정요한이 연예인과 사귄다는 말에 선동되어 후배들

앞에서 친하게 지내는 여인들의 이름을 늘어놓았던 자신의 모습. 마침 근황을 물어오는 서은하의 문자가 오고…….

민호는 황급히 대화방을 열어 서은하와 주고받은 문자를 훑어 내렸다.

[민호 씨, 서바이벌 프로그램 시작하셨다면서요? 공 매니저님이 방송 전까지 비밀 지켜야 한다고는 하시는데 입이 귀에 걸리셨더라고요. 잘된 거 맞죠? 추카해요! ^o^]

[그리고 만나서 상의 좀 드릴 것이 있어요. 내일 시간 되세요?]

[단합대회요? 그럼 안 되겠네요. ㅜㅜ]

[외부인이 구경해도 된다고요? 저야 좋죠. 재밌을 것 같아요.]

[그럼 9시쯤에 데리러 오시겠어요?]

시계를 보니 8시 30분.

'난리 났다!'

욕실로 뛰어든 민호는 쏜살같이 샤워를 끝마치고 옷을 갈아입었다. 밖으로 나와 붕붕이에 올라탔을 때는 이미 15분이 지난 뒤였다.

부르릉-!

시동이 걸리자마자 민호는 곧장 라디오를 틀었다.

-드라이버 교육 시뮬레이터를 시작합니다.

"붕붕아아!"

-작게 불러도 인지할 수 있는 기능이 있습니다.

"큰일 났다. 강북까지 10분 내에 끊어야 해. 어떻게 달리지?"

-신호를 무시하면 됩니다.

"딱지 많이 끊기면 면허 취소야. 널 못 몬다고."

-KSF 2부리그 출전할 수준의 추월 테크닉이 있으면 가능합니다. 속도 감속 구간에서 타이어를 혹사해 브레이킹 하면 코너당 1초씩 적립할 수 있습니다. 미숙하게 운전할 시 다른 운전자에게 '꼴불견'이라는 소리를 들을 수 있으니 주의하세요.

"음. 그걸 내가 할 수 있을까?"

-도전해 보시겠습니까?

"할 수밖에 없잖아. 15분 남았다고!"

민호는 주택단지를 빠져나가자마자 액셀을 밟았다. 규정 속도를 아슬아슬하게 준수하며 강변도로로 내려온 붕붕이는 신속하게 추월 차선으로 달려 나갔다.

-앞차의 시속 75. 코너 직전 브레이킹 포인트를 상대보다 뒤로 밀어 넣으세요.

"오케이."

차체가 부드럽게 우측 라인으로 갈아탄 뒤에 급가속했다. 옆에서 나란히 달리는 자가용과 앞을 가로막고 있는 트럭 사이의 빈 곳을 사선으로 매끄럽게 파고들었다.

"공략 성공!"

—100미터 전방 차량 시속 90.

"앞차 저거는 규정 속도위반이잖아."

—교차로 코너링에서 만회할 수 있습니다.

붕붕이를 타면 운전 감각이 비약적으로 상승하기에 주행 도중에 도움말을 듣는 것만으로도 상당한 훈련이 된다. 민호는 그랬기에 붕붕이를 탄지 10여 일 만에 상당한 드라이빙 테크닉을 연습할 수 있었다. 단지 다른 차에서는 통용되지 않는 것이 문제일 뿐.

민호는 급히 꺾이는 코너에 돌입하자마자 기어를 낮추고 엑셀을 유지한채로 브레이크를 밟았다. 발바닥으로 엑셀을 발가락으로 브레이크를 동시에 누르는 테크닉이었다.

—힐엔토가 아직 미숙합니다.

"이거 힘들어!"

'그앙~!'하는 진동과 함께 속도를 줄이던 앞차를 휙 지나쳤다. 앞차가 다시 속도를 올렸으나 재가속 보정이 된 붕붕이는 이미 저만치 앞으로 달려 나간 후였다.

서은하의 집 앞에 도착해 시계를 보니 빠듯한 8시 59분이었다.

민호는 안도의 한숨을 내쉬며 운전대를 토닥였다.

"고맙다, 붕붕아."

밖을 내다보니 대문 앞에 서 있던 서은하가 손을 흔들며 다가오는 것이 보였다.

"민호 씨!"

서은하는 늘씬한 몸의 굴곡이 드러나는 원피스를 입고 있었다.

바로 운동복 광고를 해도 될 것 같은 매력적인 그녀의 모습에 넋이 나간 것도 잠시. 민호는 그녀가 왼 손목에 차고 있는 밴드에 시선이 머무르고 흠칫 놀랐다.

'빛?'

서은하가 조수석에 올라탔다.

"어제 늦게 연락해서 놀라셨죠? 대본리딩이 그때 끝나서요."

그녀는 옆에 앉자마자 민호에게 꾸벅 고개를 숙였다.

"괜히 저 때문에 오늘 번거로워지신 거 아닌가 모르겠어요."

"귀찮긴요. 후배들이 은하 씨 온다고 정말 기대 중이에요."

민호는 반갑게 서은하를 맞이했다. 과실은 술에 있었지만 결과적으로는 대환영할 만한 일이었다. 쉬는 날 그녀를 보게 됐으니까.

'캬, 오늘도 예뻐.'

서은하는 언제나처럼 아리따움이 철철 넘쳤다. 환한 그녀를 마주하고 있자니 차 안이 온통 화사해지는 기분이었다.

"운동회 같은 건 고등학교 졸업한 이후로 처음인 거 있죠? 무척 기대돼요."

"은하 씨도 출전해 봐요."

"제가요? 민폐 아닐까요?"

민호는 뒤뚱거리며 뛰어다닐 가람을 떠올리고는 고개를 흔들었다.

"은하 씨보다 못하는 녀석들 수두룩해요."

"설마요."

서은하가 운동신경이 있다는 것은 잠깐 연습했던 투구 폼이 수준급이었던 것으로 충분히 파악했다. 민호는 지난주 화보 촬영 때의 모습이 떠오르자 그녀의 손목에서 시선이 고정됐다.

손목을 고루 감싸주는 한 뼘 길이의 보호구.

검은 광택의 탄력 있는 재질이 한눈에도 동네 체육사에서 파는 것과는 질이 다른 물건이라는 것을 알 수 있었다. 착용하고 있는 서은하의 살결이 워낙 하얘서인지 은은한 빛이 잘 눈에 띄지 않는 것을 제외하면 애장품이 확실했다.

'유도를 배웠다고는 들었지만.'

그녀의 능력이 담길 물건이 있다면 당연히 공부 쪽과 관련된 것이라 생각했는데. 저건 여러모로 고민해 봐도 운동할 때 쓰는 물건이었다.

서은하는 민호의 호기심이 어린 시선이 손목을 향해 있는 것을 깨닫고 보호구를 들어 올려 보였다.

　"이거 좀 안 어울리죠? 아빠 때문에 억지로 차고 나왔어요."

　"아니요. 잘 어울려요."

　민호는 퍼뜩 정신을 차리고 속으로 고개를 휘저었다. 애장품만 보면 넋이 나가는 것이 습관이 되어 버렸나 보다. 서은하 앞에서도 이러다니.

　'가만. 억지로 차고 나와?'

　차를 출발시키던 민호는 서은하의 손목 보호대를 눈짓하며 물었다.

　"그거 은하 씨 게 아닌가 봐요?"

　서은하는 고개를 끄덕이며 누가 듣기라도 하는 것처럼 손으로 입을 가리며 말했다.

　"비밀인데 아빠가 엄마 몰래 사신 거예요. 누가 쓰던 거라더라? 아무튼 유명한 운동선수 거래요."

　귀가 번쩍 뜨일 만한 소리였다.

　"하여튼 아빠 취미가 이상해요. 집에 선수들이 사용하던 물건들 엄청 쌓여 있거든요. 야구 방망이니 축구화니. 운동이라곤 유도밖에 안 하면서 돈을 아끼지 않으세요. 오늘도 엄마한테 바가지 긁힐지 모른다고 이걸 맡기는 거 있죠? 당분간 제 것인 척하라면서. 이걸 보고 어찌나 행복하게 웃으시는지. 거절할 수가 없었어요."

"아버님이 참……."

서철중은 프로선수의 물건 수집을 공감해 주지 못하는 딸과 부인을 앞에서 어렵게 취미생활을 이어나가는 모양이었다. 수집 욕구에 대해서라면 민호도 딱히 할 말이 없었다. 회중시계를 3억에 산 데다 고작 정보일 뿐인 것에 2천만 원을 투자하기까지 했다.

"재밌게 사시는 것 같네요."

민호가 할 수 있는 최소한의 옹호였다.

'어쨌거나 체육센터에 도착하면 잠깐 빌려 봐야지.'

운동선수의 물건은 처음 보는 활동적인 애장품인 터라 더욱 기대감이 들었다.

차는 주택가를 벗어나 외곽도로로 접어들었다.

"은하 씨. 어제 상담하고 싶으시다는 건 뭐였어요?"

"아, 그건요……."

레포트니 뭐니 대학 생활에 관련된 것이라면 어쩌나 민호의 머릿속은 복잡해졌다. 운전하다 말고 회중시계를 꺼내 서은하의 말을 미리 들어볼 수도 없고.

"이번 드라마 촬영 들어가면서 홍보차 예능에 나가거든요. '토크 투게더'라고. 혹시 아세요?"

"군대 있을 때 재방 가끔 챙겨 봤어요. 무지 유명한 MC가

진행하는 예능이잖아요."

"그 안의 코너 중에 지인을 초대해 음식을 대접하는 게 있거든요. 기왕이면 방송하는 지인이 좋을 거라고 작가님이 말하시기에 민호 씨를 생각했어요."

서은하는 조심스러운 눈초리로 민호를 바라봤다.

"공 매니저님은 민호 씨만 허락하면 상관없다고 하시더라고요."

대학 얘기가 아닌 터라 민호의 얼굴에 안도감이 스쳤다. 몸을 쓰는 것도 아니고 단순히 가서 먹기만 하고 오는 예능 정도야 문제될 것 없었다.

"코너 하나 출연하는 정도는 전혀 부담 없어요."

"정말요?"

"그럼요. 누구 부탁인데."

"고마워요, 민호 씨. 한시름 덜었어요."

서은하가 활짝 미소 짓자 차 안의 분위기도 한층 밝아졌다.

차가 속도를 내자 살짝 열린 창문으로 밀려들어 오는 바람에 서은하의 머릿결이 흩날렸다. 그녀는 뺨을 스치는 상쾌한 바람에 기지개를 크게 켰다.

"시원해~!"

운전하던 민호는 향긋한 샴푸 냄새가 코끝을 간지럽히자 가슴 한구석이 쿵쾅 뛰어오는 것을 느꼈다.

"토크쇼 끝나면 제가 또 저녁 살게요. 맛난 걸로. 후후."

아름다운 그녀와의 데이트라면 할머니 떡볶이 집도 좋고 시장 한복판 어묵꼬치도 오케이다. 민호는 흐뭇한 기대에 빠져 즐거운 운전을 이어 나갔다.

시내 외곽의 체육센터.

KG 피닉스의 감독 송대협은 잔디밭에 쳐놓은 천막 아래 앉아 S1 타이거의 유명호 감독과 준비운동 중인 선수들을 바라보던 중이었다.

"유 감독. 진 팀이 저녁 회식비 몰빵하자 이거지?"

"그럼. 쫄리면 안 해도 돼."

40대 중반에 무뚝뚝한 인상의 송 감독은 유 감독 느긋한 대구에 과감한 조건을 덧붙였다.

"2차, 3차까지 전부 걸지."

한술 더 뜬 제안을 하는 송 감독에 유 감독의 입가에도 미소가 번졌다. 자고로 걸린 게 많을수록 게임이 재밌어지는 법. 유 감독은 고민할 것도 없다는 듯 받아 들였다.

"좋아."

내기가 성립되자 운동장 위에서 오늘의 경기를 조율하고 있던 코치진들의 눈빛도 진지해졌다. 전투적인 두 감독의 성향상 졌을 경우 돌아올 후폭풍이 무시무시할 것이 분명하기 때문이었다.

"자, KG! 모두 모여봐!"

"S1 이쪽으로! 각자 자신 있는 종목만 나가."

각 게임단별로 25명씩 총 50인의 출전 선수들이 전의를 다졌다.

오늘의 단합대회는 체육 행사의 단골 메뉴인 족구부터 축구, 농구, 탁구의 구기종목과 이인삼각 달리기, 단체 줄넘기, 기마전, 씨름까지 그야말로 종목이 풍성하게 넘쳐나는 대회였다.

두 팀 간에 출전 선수 배분이 끝나고 일렬로 늘어서 각자의 경기장으로 흩어졌다.

유 감독은 KG의 선수단을 훑어보다 한 사람이 보이지 않는 것을 깨닫고 물었다.

"송 감독. 강민호가 안 뵈네? 섬머리그 4강 확정이라 놀기 좀 부담되는 건가?"

"아냐, 오는 중이라고 연락 왔어. 얘는 놀 땐 놀고 훈련할 때는 훈련 확실하게 하는 유일한 녀석이지. 아주 믿음직해."

유 감독도 동의한다는 듯 고개를 끄덕였다.

"군대 다녀온 애들 중에 강민호만큼 폼이 안 떨어진 케이스도 드물어. 요즘 보면 전성기 때보다 잘하는 거 같아."

유 감독의 칭찬에 송 감독은 득의만만 어깨에 힘이 들어갔다.

"송 감독은 좋겠어. 이연성에 박정겸에. 종족별 라인이 너무 탄탄하잖아."

"연봉 1억짜리 수두룩한 S1이 그런 소리 하면 섭하지."

유 감독은 메인 운동장에서 축구 경기를 시작한 선수들을 지켜보다 넌지시 물었다.

"강민호 FA 1년도 안 남았지?"

"내년 되도 다른 데서 채가긴 힘들 거야."

"왜? 우리 총알 많아. 특히 펜타스톰 리그는 회사에서 엄청 투자하고 있다고."

"재계약하면서 이미 모 회사로 소속을 옮겼어. 3년 계약이라던데."

"KG엔터로? 어쩐지 TV 보니까 시골에 가서 녹두전 굽고 있더라니. 방송 활동 하면 KG 생물군단 라인 약해지는 거 아니야?"

"본인이 선수 활동에 지장 없을 거라고 얘기했어. 그리고 보시다시피 리그 4강에 올랐지. 거기 간판 요한이는 어디서 떨어졌더라?"

자나 깨나 라이벌인 두 감독의 담소는 즐거운 단합대회 때도 호전적이었다.

"어, 저기 요한이 오네."

유 감독은 정요한과 함께 차에서 내리는 미모의 여성을 가리켰다.

"영화배우 심가연 알지? 조만간 국수 먹게 될 거 같아. 우리 요한이가 푹 빠져 살더라고. 가연 양 심성이 진짜 착해. S1에 가끔 놀러 와서 응원해 주는데 애들 사기가 팍팍 오르고 있어."

"심가연? 잘 모르겠는데?"

"하하, 자네야 잘 모르겠지. TV 하고는 담쌓고 지낼 테니. 엄청 유명한 배우라는 것만 알아 둬."

리그 순위 자랑에서 밀리자 인맥 자랑을 시작한 유 감독에 이번엔 송 감독이 할 말이 없어진 찰나. 클래식한 차 한 대가 운동장 옆 주차장에 멈춰 섰다.

"저 차 민호가 이번에 뽑은……."

송 감독은 민호의 차임을 확인하고 선수의 재력 자랑으로 넘어가려 했다. 그러나 조수석에서 내린 이름 모를 아가씨의 얼굴에 말문이 막히고 말았다. 멀리서도 눈에 확 띄는 빼어난 외모였던 것이다.

고개를 돌린 유 감독도 눈이 휘둥그레졌다.

"'내 딸 은영이'의 서은하잖아?"

드라마의 광팬 유 감독이기에 단박에 서은하를 알아챘다.

"유명해?"

"당연하지. 이번에 '사계절의 행운'인가 하는 드라마 주연
도 됐다고. 이따가 사인이나 받아…… 커험! 그래도 심가연
만큼은 아니야. 서은하는 신인이거든."

그사이 정요한과 심가연이 천막 안으로 걸어왔다.

"감독님! 저희 왔어요."

"응, 요한아. 가연 씨도 반가워요."

두 감독의 시선은 인사를 받는 와중에도 서은하 쪽을 향해
있었다. 정요한도 고개를 돌렸다가 민호를 발견했다.

"민호야! 여기!"

정요한의 부름을 못 들었는지 민호는 곧장 운동장으로 향
했다. 그 모습을 지켜본 정요한은 고개를 갸웃했다.

"송 감독님. 민호도 출전해요? 저 녀석 땀 흘리는 거 싫어
할 텐데."

"그러게. 나간다는 말은 못 들었는데."

손목에 차고 있는 보호대를 어루만지던 민호가 서은하에
게 고개를 돌렸다.

"정말 오늘 하루 종일 빌려도 되는 거죠?"

"그럼요. 공식적인 소유권은 저한테 있는데요, 뭘."

보호대를 차자마자 어린아이처럼 들뜬 민호를 지켜보며
서은하는 부드러운 미소를 머금었다. 그리고 보면 화보 촬영

때도 저 비슷한 표정을 짓고서 미란다를 만나러 갔었다. 그리고 디자인 유출 건이 해결됐었지.

"가만 보면 민호 씨는 못하는 게 없는 사람 같아요."

"네? 저 못하는 거 아주 많아요."

칭찬만 하면 움찔 놀라는 것까지도 지난주 판박이였기에 서은하는 풋 하고 웃고 말았다.

"민호 씨는 오늘 어떤 경기 나가요?"

"저는 말이죠…….."

미니축구장부터 테니스장, 탁구대가 쭉 이어져 있는 운동장을 살펴보던 민호의 시선이 한곳에 고정됐다. 그리고 보물을 발견한 것처럼 입가에 웃음이 돋아났다.

"가요, 은하 씨!"

KG 대 S1의 경기는 막 시작되어 팽팽한 스코어로 1쿼터가 진행 중이었다.

"코치님."

벤치에 앉아 있던 KG 피닉스의 코치 안한수가 민호의 부름에 고개를 돌렸다. 두툼한 살집을 자랑하는 안 코치는 둔한 몸과는 다르게 스포츠를 좋아해 이 단합대회를 최초에 기획했던 사람이었다.

"어, 민호야. 응원 왔어?"

"안 코치님."

성큼 다가온 민호가 조심스레 입을 열었다.

"……농구가 하고 싶어요."

경기 체크에 여념이 없던 안 코치의 안경이 햇살을 받아 반짝였다.

"민호, 네가?"

"교체 인원으로 넣어 주실 수 있나요?"

안 코치는 의외라는 눈으로 민호를 바라봤다. 며칠 전 팀을 짤 때도 어디에도 들어가지 않으려 했던 민호인데 무슨 바람이 불었나 싶었다.

"회식비가 걸린 거라 감독님이 민감해하실 수도 있어. 넌 오늘 무리하지 말고 응원이나 하는 게 낫지 않겠어? 리그 경기도 남았잖아."

"걱정 마세요. 구멍은 절대 안 될 테니까."

2년 전의 민호는 운동에 소질이 별로 없었다. 본인도 그걸 인정하고 단체 줄넘기 정도에 출전하고 만 것이 전부였다.

고민하던 안 코치는 민호의 뒤편에 나타난 여인을 발견하고 눈이 휘둥그레졌다. 서은하가 방긋 웃으며 다가섰다.

"안녕하세요. 민호 씨 따라 구경 왔어요."

"가람이가 아침부터 온다온다 노래를 부르던데 진짜 오셨네. 반가워요."

안 코치는 그녀를 보고 나서야 민호가 갑자기 나서겠다는 이유를 어렴풋이 깨달았다. 미녀 앞에서 잘 보이고 싶은 거야 남자라면 누구나 가질 수 있는 욕망이니까. 그러나 E 스포츠도 그냥 스포츠도 실력 위주로만 평가하길 좋아하는 안 코치로서는 미지수의 민호를 마냥 신뢰할 수는 없었다.

"다음 쿼터에 나가봐. 교체 선수로 잠깐 뛰는 것 정도는 오케이."

안 코치는 설령 민호가 망치더라도 후반의 2쿼터로 따라잡으면 그만이라는 생각이었다.

"민호야!"

천막에서 민호를 확인하고 얼른 따라온 정요한이 농구 코트에 나타났다.

"요한이 형."

민호가 인사하자 서은하도 따라서 고개를 숙였다.

"서은하 씨?"

"안녕하세요."

"와, 반가워요."

정요한은 화장기가 전혀 없음에도 예쁜 서은하의 실물에 놀랐으나 이내 표정을 관리했다. 결혼을 앞둔 입장에서 와이

프가 될 사람 외의 여자는 돌처럼 대해야 함을 본능적으로
느끼고 있기 때문이었다.

"형수님은?"

민호의 물음에 정요한의 시선이 잔디밭 쪽을 가리켰다.

"감독님 옆에 있어. 난 너랑 서은하 씨 부르러 온 건데 농
구 나가게? 할 줄 알아?"

"할 줄은 알지. 얼마나 하는지 몰라서 그렇지."

자신감 넘치는 민호의 대구에 정요한이 '오오~'하는 표정
을 지었다.

"군대에서 좀 했나 봐? 너 경기 나가면 나도 하나는 나가
줘야 하는데 농구는 젬병이라. 축구나 나가볼까?"

정요한은 뭘 나갈지를 생각하다 S1의 코치와 예비 선수들
이 앉아 있는 반대편에 시선이 머물렀다.

"맞다. 우리 게임단 FPS하는 신입 중에 중, 고딩 때 농구
선수였다는 애 있는데, 우성이라고. 오늘 같은 날은 즐기라
고 일부러 출전 안 시켰어."

민호는 체형으로 보나 앉아 있는 폼으로 보나 딱 농구를
잘하게 생긴 것 같은 한 사람에게 시선이 고정됐다.

"요한이 형."

"응?"

"게임이 좀 팽팽해지려면 출전시켜야 할 것 같은데."

"진담이야?"

"물론."

데뷔 때부터 민호를 지켜본 정요한이기에 운동을 하겠다는 것 자체가 놀랍기만 할 뿐이었다.

"걔 들어가면 절대 못 이길 텐데?"

"승부에 절대라는 말은 없어, 형."

민호는 담담히 대꾸했다.

1쿼터는 18 대 19의 스코어로 근소하게 S1의 리드로 끝났다.

3분의 휴식 시간.

서은하가 왔음을 알아챈 KG 선수들이 술렁였다. 특히 펜타스톰 직속 후배 중에 서은하의 팬을 자처한 가람은 격하게 환호했다.

"대바악! 서은하 씨, 사인 좀 해주…… 으읍!"

민호는 가람의 목덜미를 낚아채 물러서게 만들었다.

"오늘 사인 받을 생각은 하지 마라."

"왜요?"

동그랗게 눈을 뜬 가람을 향해 서은하가 웃으며 말했다.

"제 사인 두고 내기하셨다면서요? 저도 해드리고 싶지만 민호 씨가 게임 경기력에 도움이 될 거라고 강하게 말려서요. 미안해요. 민호 씨 이기면 열 장이라도 해 드릴게요."

"아……."

아쉽다는 듯 입맛을 다신 가람은 14번의 번호표가 붙은 조끼를 걸친 민호를 보며 눈이 커졌다.

"민호 형도 나가요?"

"그리됐다."

"포지션은요?"

민호는 굴러다니던 농구공을 쥐고 통통 튕겨보더니 고개를 갸웃했다.

"올라운드 같은데? 그냥 적당히 껴서 해볼게."

"오, 올라운드? 누가요? 형이요?"

가람이 코웃음을 쳤다.

"선배림. 농구 만만하게 보시면 안돼요. 제가 몸이 이래도 주전으로 뛰는 게 다 농구 센스 때문인데. 점수판 보이시죠? 1쿼터 10득점입니다. 제가 바로 KG의 에이스. 농구천재죠."

민호는 가람의 아래위를 훑어보았다. 등번호 23번. 오른손목에 보호구. 에어조던을 착용한 것까지 제대로 NBA의 유명선수를 흉내 낸 모양새였다. 배만 좀 어떻게 하면 말이다.

"아까 보니까 원 핸드 슛은 좀 하더라. 근데 점프한 다음에 높이가 최대로 올라갔을 때 공을 던져야지. 토끼냐? 폴짝 뛰자마자 던지게. 그러니 슛 성공률이 30%지."

"謎%라니요?"

謀번 던져서 5개 들어갔잖아."

가람이 말도 안 된다고 고개를 저었다. 꼼꼼하게 경기를 체크한 안 코치도 이 대화를 듣고 고개를 흔들었다.

"아니야."

"이봐요. 일일 농구 감독님도 아니라잖아요."

"시작하자마자 연속 빗나간 건 민호가 못 봤나 보네. 18개 중에 5개야."

"아, 안 코치님……."

멈칫한 가람은 웃음을 터트리기 직전이 된 서은하를 보고 민망했던지 얼른 얼른 말을 돌렸다.

"민호 형, 농구 좀 아시네요. 그럼 이 신발도 알아보시겠죠?"

덩크를 하기 위해 나는 듯 뛰어오른 NBA선수의 마크가 새겨진 농구화를 자랑스럽게 내민 가람이 말했다.

"에어쪼던 92년 모델! 옥션에서 거금을 주고 산 제 보물임돠!"

흘끔 농구화를 살핀 민호는 고개를 갸웃했다.

"92년이면 에어조던8 아닌가? 그건 X 자 벨크로가 붙어 있는데 네 건 없잖아. 혹시 짭퉁이냐?"

"그럴 리가요?"

"아, 9번 모델이네. 헷갈리지 마. 9번은 네가 존경하는 그

선수가 잠깐 은퇴했을 때 출시된 모델이라 아웃도어용으로 나왔어."

민호의 농구 지식이 충만함을 깨달은 가람은 깨갱 하며 물러설 수밖에 없었다.

그사이 3분의 휴식 시간이 끝났다.

다른 장르의 리그 선수 세 사람과 가람. 그리고 교체되어 들어간 민호가 한자리에 모여 섰다.

안 코치가 말했다.

"수비부터 탄탄하게. 너희들 급에서는 실수 덜해 점수 차 벌리는 쪽이 이기게 되어 있어."

손을 모았다가 파이팅을 외치는 것으로 2쿼터 준비가 끝났다.

서은하가 들어가는 선수들을 향해 밝게 소리쳤다.

"KG 이겨라!"

그녀의 낭랑한 목소리는 S1의 벤치에도 전해졌다. 덕분에 KG 선수뿐만 아니라 S1의 선수까지 전의를 불타게 만들었다.

때는 한여름. 오늘은 뜨거움이 가득한 날이었다.

2쿼터는 KG의 선공으로 시작됐다.

나름 에이스로 군림하며 사령탑 역할을 해온 가람은 민호의 실력을 반신반의했기에 한번 떠볼 겸 첫 패스를 넘겨주었다.

"가요, 민호 형."

어디 해보라는 눈길에 민호는 싱긋 웃었다. 코트에 서자마자 익숙한 공기를 느끼고 있던 터라 농구공을 튕기는 손길부터 자연스러웠다.

'공이 몸에 붙어 있는 거 같아.'

분명 그랬다.

몸은 앞으로 달려 나가는데 공이 전혀 거슬림 없이 따라왔다. 민호는 자신을 막기 위해 다가온 한 사람을 별다른 페인트 동작도 없이 지나쳐 순식간에 상대의 코트에 도착했다.

날렵한 동작에 팀원조차 뒤늦게 따라붙는 찰나, 민호는 3점 라인에 서 바닥에 공을 통통 두 번 튕겼다. 그리고 그대로 농구 골대를 향해 공을 쏘아 보냈다.

철썩!

깨끗한 포물선을 그리며 기습적으로 들어간 골. 쏘기 전에 이미 들어갔음을 알아챈 민호는 전문가다운 상태를 만들어 준 손목 보호구를 사랑스럽게 쓰다듬었다.

"형…… 농구도 잘했어요?"

아직도 코트를 넘어오지 못한 가람이 감탄사를 터뜨렸다. 대체 못하는 게 뭐냐는 가람의 눈길에 민호는 뒤로 가라는 표시를 보였다.

"디펜스."

가람이 고개를 끄덕였다.

"모두 디펜스! 역전이니까 이 점수 지키자!"

21 대 19. 단 한 번의 플레이로 민호가 사령탑에 오른 순간이었다.

S1이 패스를 주고받으며 코트를 넘어왔다. 따로 지역 방어 같은 것 없이 개인이 개인을 전담하는 전술인 터라 민호는 누굴 마크해야 할지 갈등에 빠졌다.

'슛을 곧바로 쏜 것도 그렇고 왠지 3점 라인 근처가 편해.'

민호의 선택은 슈팅 가드 마크였다. 바로 앞에서 왔다 갔다 하며 기회를 노리는 S1의 선수는 농구 좀 해본 티를 내고는 있으나 현재 상태의 민호가 신경 쓸 만한 수준은 아니었다.

오히려 큼지막한 덩치를 자랑하는 골대 아래의 선수가 위협적으로 보였다.

"막아막아!"

가람이 센터 역할을 하는 동료에게 외쳤지만 S1의 덩치는 간단히 패스를 받아 골밑슛을 넣어 버렸다.

21 대 21. 가람이 다시 공을 민호에게 넘겼다.

민호는 센터 라인 근처까지 공을 몰고 와 천천히 코트를 둘러보았다. 주의할 것은 등번호 15번의 덩치 뿐. 그 외에 자신을 막아설 실력자는 없었다.

통.

왼손을 떠나 바닥에 닿았다가 오른손으로 V 자를 그리며 넘어온 공. 눈은 정면을 보고 있지만 어깨를 왼쪽으로 움찔하자 상대가 놀라 그쪽으로 손을 뻗었다.

민호는 그대로 오른쪽으로 돌아나가 상대를 돌파했다. 노마크 찬스로 3점 라인에 서자 골대 아래에 서 있던 덩치가 달려왔다.

'내 타이밍이 훨씬 빨라.'

공이 민호의 손을 떠났다. 백보드에 텅~ 하고 맞은 공이 골대에 꽂혔다.

24 대 21.

연속 3점 슛에 지켜보고 있던 안 코치가 벌떡 일어섰다.

민호는 S1의 벤치 쪽에 앉은 정요한과 눈이 마주쳤다. 아까 언급한 사람을 빨리 투입하라는 손짓에 정요한이 고개를 끄덕였다.

"디펜스, 디펜스!"

백코트로 복귀한 KG는 상대의 골밑슛 실패로 기회를 잡았다. 리바운드를 따낸 동료가 민호에게 패스했다.

"민호 형. 이번에 점수 팍 벌려요."

가람이 앞으로 달려 나가며 말했다. 느릿느릿한 걸음이었으나 충실하게 스몰 포워드의 포지션은 지키고 있는 가람을 보며 민호는 농구 센스가 있다는 말이 틀리진 않았다는 생각이 들었다.

민호가 공을 잡아 센터 라인을 넘자 S1의 선수들이 동요했다.

자신을 마크하기 위해 2명이나 달려오는 것을 흘끔 확인한 민호는 안쪽으로 공을 몰아갔다. 3점 라인에서 슛을 던지려 들자 다가온 두 사람이 팔을 허우적거려 방해했다.

슛 모션을 하며 뛰어오르자 두 사람도 있는 힘껏 뛰어 민호의 시야를 방해했다.

민호는 헐레벌떡 뛰어 적당한 곳에 위치를 잡고 서 있는 가람이 노마크임을 확인하고 그대로 패스했다.

"왼손은 거들 뿐운-!"

가람이 큰 외침과 함께 점프슛을 쏘았다.

텅!

골대를 빗맞고 튕겨 나온 공이 15번 덩치의 손에 들어갔다.

"얌마!"

민호는 고개를 저었다. 확률 30%를 믿고 패스를 하다니. 찌릿한 민호의 시선에 가람이 머리를 긁적였다.

"죄송해요. 왼손이 덜 거들었나 봐요."

"왼손은 그냥 네 여친이고. 점프 다 뛰고 던지라고 했잖아."

삐익.

심판을 보고 있던 S1의 코치가 손을 들어올렸다.

"선수 교체! 6번 최동호 아웃. 9번 신우성 인."

등번호 9번을 달고 있는 신우성의 등장에 백코트로 돌아온 민호의 시선도 그를 향했다.

"나오셨네."

가람이 민호 옆에 서며 물었다.

"아는 사람이에요?"

"아니. 근데 농구는 잘한데."

"워. 근육 장난 아니네."

단정하게 깎은 머리에 탄탄해 보이는 근육. 신우성은 자신만만한 눈빛으로 코트에 섰다.

호루라기 신호와 동시에 공을 받아 드리블을 시작한 신우성. 달려간 수비수를 가볍게 젖혀 골밑을 파고들었다. 골대 밑에 서 있던 가람이 다시 가로막았으나 손쉽게 몸을 빙글 돌려 노마크 찬스를 만들었다.

"어딜!"

민호가 슛을 쏘려는 신우성을 급히 막아섰다.

신우성이 개의치 않고 몸을 부딪쳤다. 민호는 이대로라면 파울이 됨을 느끼고 급히 몸을 뺐다. 그러나 생각과 달리 몸의 움직임이 느렸다.

쿵!

밀려서 비틀거리는 민호와는 달리 밸런스가 전혀 흐트러지지 않은 신우성이 그대로 레이업슛을 날렸다.

철썩.

더불어 파울까지 불려졌다. 신우성이 바스켓 카운트로 얻은 골을 깔끔하게 성공시키자 점수는 다시 24 대 24로 동점이 됐다.

신우성이 민호를 바라봤다.

"좀 하시는 것 같던데 체력은 없어 뵈네요."

이 말을 남기고 자신의 코트로 돌아가는 신우성을 보며 민호는 충격에 욱신거리는 어깨를 주물렀다.

긴박한 순간 몸이 생각대로 따라주지 못한 건 당연했다. 센스가 프로선수급이라고는 하나 몸 상태는 일반인이니까.

일방적일 것 같았던 게임이 흥미진진해졌다.

"우와아!"

"심가연이다!"

그사이 S1의 벤치에서 환호 소리가 들려왔다. 감독들과 있던 심가연이 정요한을 찾아 농구코트에 온 것이다. 양 코트에 미녀가 하나씩 서게 되자 코트 안의 분위기는 한층 더 후끈 달아올랐다.

텅!

골대를 맞은 공이 허공으로 튀어 올랐다.

'윽.'

3점슛이 또 다시 실패하자 민호의 시선은 점수판을 향할 수밖에 없었다.

24 대 28.

4점 차. 순식간에 점수가 벌어지고 말았다. 외곽 슛에만 의존하다 보니 리바운드에서 절대적인 우위를 점하고 있는 S1 쪽이 훨씬 유리하게 게임을 가져가는 중이었다.

신우성과 15번 덩치.

저들 두 사람의 존재로 코트 안쪽을 파고들어 점수를 내는 것 자체가 힘들어졌다. 그렇다고 외곽 슛을 남발할 수도 없는 것이 그나마 민호를 제외한 나머지는 0%에 수렴하는 성공률을 보였다. 상황이 이렇다 보니 외곽에선 오로지 민호만 막으면 되는 패턴으로 벌써 여러 번의 3점슛 시도가 막혔다.

'어쩐다?'

민호로서는 30%라 무시했던 후배보다 슛 성공률이 낮아진 것 자체로 쪽팔린 일이었다.

"속공이야!"

"백코트!"

공을 따낸 15번 덩치의 패스를 이어받은 신우성은 오합지졸 수비라인을 뚫고 간단히 레이업슛을 성공시켜 점수 차이를 6점으로 벌렸다.

"으아! 또 못 막았어."

가람이 골대에서 떨어진 공을 붙잡고 분통을 터뜨렸다.

"무슨 드리블이 이렇게 빨라? 쟤는 그냥 농구선수 아니야?"

동료들과 하이파이브를 하는 신우성을 얄밉다는 듯 쳐다
보던 가람이 민호에게 고개를 돌렸다.

"민호 형이 집중 마크 당하니까 답이 없어요."

이미 졌다는 표정을 하고 있는 KG의 남은 선수 셋도 동감
이라는 듯 고개를 끄덕였다. 가람은 공을 붙잡은 채로 결심
을 굳힌 표정을 지었다. 그리고 동료들에게 말했다.

"내가 저쪽 에이스를 맡을게."

"어떻게?"

"바짓가랑이 잡고 늘어지는 거지. 5반칙 퇴장할 때까지.
장렬히 전사하마."

패색이 감돌자 살짝 정신줄을 놓은 것 같은 가람을 보며
민호는 고개를 흔들었다.

뛰는 폼만 잡아도 가람이보다 머리 하나는 큰 높이를 점할
수 있는 15번 덩치와 몸이 고무공처럼 탄탄해 보이는 신우성
의 체격 조건이 KG 선수들보다 우월한 건 사실이었다. 그러
나 농구는 체격만으로 하는 운동이 아니다. 프로선수의 감각
을 느낀 것만으로 일반인을 압도할 만큼의 숏을 구사할 수

있었음을 보면 방법은 있으리란 생각이었다.

손목 보호구의 능력을 쓸 수 있다고 해서 몸이 따라오지 못할 극한의 실력까지 바란 것은 아니다. 하지만 단지 체력 조건으로 밀릴 거였다면 프로선수의 능력이라 부를 가치가 없다.

'너 그 정도 아니잖아.'

손목 보호구를 부드럽게 쓰다듬은 민호가 가람에게 손을 들어보였다.

"패스해."

"형. 이번 공격 실패하면 8점 차로 벌어져요. 안전하게 가요. 대패할 수는 없잖아요."

"아직 이길 수 있다고 생각하는 건 나쁜가?"

누가 봐도 답이 없는 상황에 미심쩍어하는 눈길이 된 가람. 민호는 이 단합대회를 위해 상당한 투자를 한 가람의 복장을 한번 슥 훑고는 다음 말을 이었다.

"작전이 있는데 네 능력이 필요해. 가람이 넌 센스 좋은 천재형 포워드잖아."

가람의 귀가 쫑긋했다.

"제가 살만 빼면 바로 농구선수 해도 될 몸이긴 하죠."

어깨를 으쓱하며 공을 넘긴 가람의 표정은 이미 대만족이었다.

"공격하지 말고 그냥 3점 라인에서 알짱거려."

"네? 저 멀면 잘 못 쏴요. 열 개 중에 하나 들어갈까 말까인데."

"잔말 말고 가."

가람의 등을 떠밀어 센터 라인을 넘은 민호는 곧바로 자세를 낮췄다. 그리고 골밑을 파고들기 위한 드리블 동작을 취했다. 두 사람이 민호를 마크하기 위해 따라붙었다.

오른쪽 선수가 밀착해서 손을 뻗어오려는 찰나.

민호는 공을 보호하기 위해 왼손을 들어 착실히 가드하며 그대로 달려 나갔다. 바닥에 거의 미끄러질 듯한 각도로 돌아 들어가는 스텝에 막아섰던 선수가 놀란 표정을 지었다.

드라이브인.

단순하지만 수많은 연습을 통해서 감을 익혀야 하는 돌파 기술이 민호의 손과 발끝에서 어렵지 않게 이어졌다. 3점 라인과 사이드라인 사이에 서자 안쪽의 신우성이 수비를 위해 달려 나왔다. 외곽 슛에만 올인하던 슈터가 숙련된 스몰 포워드의 드리블을 선보일 줄은 몰랐는지 신우성의 얼굴엔 낭패가 깃들어 있었다.

S1 선수 세 명이 민호를 붙잡기 위해 둘러싸자 프리가 된 가람이 손짓했다.

"형! 패스패스!"

3점 라인에 선 가람에게 패스해 봤자 슛이 성공할 리 없다는 사실을 S1 모두가 알고 있었기에 위협적으로 느끼는 이는 없었다.

'거의 다 왔어.'

0.1초의 판단미스가 치명적인 실수가 될 수 있음에도 민호는 침착했다. 농구선수의 경험이 민호의 시야를 코트 전체에 뻗게 만들었기 때문이다.

돌파한 뒤 민호가 한 선택은 슛 동작이었다.

골대 방향에 서 있던 신우성이 손을 머리위로 뻗어 급히 블로킹을 시도했다. 타이밍으로 보나 거리로 보나 돌파 후 재빠른 점프슛의 성공 가능성은 매우 높았다. 그러나 민호의 다음 동작을 본 신우성은 신음을 흘리고 말았다. 민호가 슛 동작을 철회하고 몸을 휙 돌린 것이다.

물 흐르듯 이어진 페이크에 당한 신우성의 손이 헛되이 허공에서 휘둘러지는 시간 동안, 뒤따라온 두 수비가 양팔을 뻗어 민호의 이동을 방해하려 했다.

민호는 바로 옆의 동료에게 패스를 하자마자 다시 달라는 신호를 보냈다.

공을 받은 동료가 반사적으로 민호에게 공을 넘겨주고 난 뒤, 민호는 3점슛 라인까지 매끄럽게 드라이브인으로 달려 나갔다.

그리고 서 있던 가람과 눈이 마주쳤다.

"꼼짝 마!"

말을 이해하지 못한 가람이 고개를 갸웃하는 사이 민호가 가람의 옆을 아슬아슬하게 스쳤다.

민호의 슛을 방해하기 위해 기를 쓰고 따라붙던 두 수비수는 갑자기 나타난 가람의 존재에, 펑퍼짐한 뱃살에 당황해 옆으로 피하다 쿵하고 몸을 부딪쳤다.

'지금!'

강제 스크린플레이로 거추장스러운 수비를 따돌린 민호는 환하게 열려 있는 골대를 바라봤다.

프로급에선 조금만 지체해도 상대 수비수에 걸려 자세가 흐트러지는 경우가 많다. 그럼에도 기록을 만들고 점수를 내는 것이 슈터의 능력이라고 손목 보호구는 말을 하고 있었다. 슛 기회는 저절로 찾아오는 것이 아니라 스스로 만들어야 한다고.

민호는 그대로 공을 던졌다.

손끝에 걸린 탄력과 깨끗한 점프가 공이 도착하기도 전에 클린슛이라고 말을 해주었다. 예상대로 공이 철썩~ 하고 골대 안으로 기분 좋게 파고들었다.

'캬! 이 맛에 농구하는 거지.'

거창한 승리가 걸린 경기가 아님에도 집중하게 되는 것 또

한 스포츠의 매력이리라.

27 대 30.

점수는 다시 3점 차로 좁혀졌다. 멍한 얼굴로 서 있는 S1
의 선수들을 뒤로 하고 백코트하던 민호는 배를 주무르며 돌
아오는 가람에게 엄지를 치켜 보였다.

"역시 농구 천재야. 스크린 일품이었어."

"헤헤. 어쩌다 보니 됐습죠. 그나저나 민호 형 실력이 예
사 수준이 아닌데요? 프로에서도 3점 숫을 형처럼 쏘는 사람
은 드물어요."

농구 매니아 가람의 눈이 매섭게 빛났다.

"내가 초등학교 농구교실 우등생이긴 했지."

정말 그거뿐이냐는 시선에 민호는 헛기침 하며 서둘러 말
을 돌렸다.

"이번 작전은 말이야……."

민호는 새로운 전의를 불태우고 있는 신우성을 가리켰다.

"가람이 네 천재형 센터의 능력이 필요해."

"으잉? 저 천재형 포워드 아니었어요?"

"무슨. 천재가 포지션에 구애받아서야 쓰나. 다들 불러 모
아 봐봐."

잠시 후.

센터 라인을 넘어 공격을 들어오던 신우성은 어처구니가

없다는 얼굴이 됐다. KG의 수비 배치가 확연히 달라진 까닭이었다.

박스 원의 지역방어.

지역방어의 중심에 서 있던 가람이 득의만만한 웃음과 함께 외쳤다.

"와라, 풋내기들아!"

인사이드 돌파를 막기 위해 4명이 골밑 공간을 사수하고 외곽슈터를 혼자 맨투맨으로 마킹하는 전술에 신우성은 이렇게까지 해야 하느냐는 눈길로 민호를 바라봤다.

"우리 애들도 3점슛 못 쏘지만 너희도 마찬가지거든."

홀로 외곽에 나와 있던 민호가 씩 웃었다.

1, 2쿼터 전반이 종료된 후 찾아온 긴 휴식 시간.

점수는 28대 32였다. 민호의 3점슛 성공률이 올라간 동안 S1의 득점원 신우성을 집중 마크해 미스를 유도한 까닭이었다.

민호는 고작 10분 뛰었음에도 기력이 쫙 빠진 채로 벤치에 돌아왔다. 슛 기회를 노리기 위해 2쿼터 내내 죽도록 뛰어다닌 것이 급격한 체력 소모를 불러왔다.

"민호 씨."

서은하가 아이스박스에서 꺼낸 시원한 물병을 내밀었다.

"구경만 하는데도 재밌어요. 확실히 따라오길 잘했어요."

마개를 열어 꿀꺽꿀꺽 물을 넘긴 민호는 감사의 인사를 전하기 위해 고개를 돌렸다. 그러다 복귀한 선수들에게 일일이 물병을 건네며 기운을 북돋아 주고 있는 서은하를 발견했다.

"여기요. 가람 씨라고 했나요?"

"와하하! 감사함돠!"

"이분은 상철 씨? 많이 더우시죠?"

"덥긴요! 은하 누님이 있어서 아주 시원합니다!"

입들이 귀에 걸린 것이 청춘스포츠 만화의 한 장면이 떠오르는 민호였다. 힘든 경기 도중 선수들 앞에 천사 매니저가 짠 하고 나타나 보살펴 주는. 선수들은 그것으로 힘을 받아 경기를 승리하곤 한다.

'앞으로도 이런 행사 있으면 나올 수 있냐고 물어봐야겠어.'

거기에 서철중의 컬렉션 중에 하나를 빌려 볼 수 있다면 금상첨화다. 상상하던 민호의 입도 귀에 걸리긴 매한가지였다.

물 배분을 끝낸 서은하가 민호의 옆에 앉았다.

"민호 씨 야구만 해보셨다더니 농구도 잘하시네요."

"오늘만 잠깐 잘하는 거예요. 은하 씨 부적도 있고."

"그래요?"

서은하는 민호의 왼팔에 시선이 머물렀다.

"가만 보면 민호 씨는 칭찬만 했다하면 놀라는 거 같아요."

"전~ 혀 아닙니다."

민호가 눈을 동그랗게 뜨고 고개를 흔들자 서은하는 미소를 머금었다.

"가연 언니랑 잠시 얘기했는데 이따가 이인삼각 같이 나가자고 하네요. 요한 씨랑 가연 언니랑, 저랑 민호 씨랑. 민호 씨는 생각 어때요?"

이인삼각이라 하면 발 하나를 같이 묶고 둘이 꼭 붙어서 달리는 경주다. 그것을 서은하와 한다면…… 민호는 호리호리한 그녀의 몸에 그도 모르게 눈이 갔다.

"여, 영광입니다."

"무슨 영광까지요. 후후."

3쿼터의 시작은 S1의 공격이었다.

지역방어의 한 축을 담당하고 있는 가람은 높이는 별로지만 푸근한 몸매로 상대의 침입을 효과적으로 차단 중이었다.

"좋아. 다들 자세 낮추고. 위로 오는 건 신경 쓰지 마. 어차피 저쪽도 슛 성공률 30% 이하인 애들이 태반이야."

"예썰!"

가람이 힘차게 대답했다. KG의 다른 선수들 역시 패기가 가득한 눈빛으로 골밑 사수를 위한 의지를 불태웠다.

민호는 휴식 시간 가졌던 서은하의 버프 효과가 대단함을 깨닫고 응원 중인 그녀에게 고개를 돌려 엄지를 들어 보였다.

"디펜스!"

신우성이 파고들기를 멈추고 점프슛을 날렸으나 실패. 공을 이어받은 민호가 단번에 코트를 넘어 날린 3점슛으로 점수는 '36 대 32'로 벌어졌다.

가람이 양팔을 뻗으며 외쳤다.

"이번만 막으면 승기를 잡는 거야! 민호 형이 또 3점슛을 넣어 주실 거다!"

"얌마. 맨날 들어가는 건 아니야."

절대적인 믿음을 보내며 수비에 매진하는 가람을 보며 민호는 입맛을 다셨다. 어쨌거나 이대로라면 외곽 슛에 우위가 있는 KG의 승리는 어렵지 않은 일이었다. 같은 확률로 실패하면 아무래도 3점슛이 나오니까.

그러나 스포츠에 절대라는 말은 없는 법.

공격의 활로를 찾기 위해 강하게 파고든 신우성을 마크하려다 가람이 바닥에 자빠진 순간부터 흐름이 묘하게 이어졌다.

"아오, 아퍼라."

가람이 등을 만지작거렸다. 민호는 혹시 다치지 않았나 가람의 등을 살폈다.

"무리해서 막지 말고 지나가는 건 비켜줘. 점수 주고 우리가 도망치면 되니까. 지금 건 굳이 반칙할 필요 없었어."

"네."

신우성이 바스켓 카운트를 더해 단번에 3점을 획득하고, 민호의 공격이 실패하자 '36 대 35'로 앞서고 있는 상황임에도 긴장감이 일었다.

센터를 넘어온 신우성이 가람을 흘끔 바라봤다. 아직 충돌의 여파가 가시지 않아 동작이 굼뜸을 본능적으로 확인하고 그대로 돌진해 들어왔다. 가람이 뒤늦게 팔을 들어 올려 막아섰다.

쿵! 하는 소리와 함께 가람이 나자빠졌다.

외곽에 있던 민호가 이것을 인지했을 때는 이미 늦었다. 선수들 간이었다면 흔하게 있을 수 있는 몸싸움이었으나 물렁살인 가람이 단련된 신우성과 비등하게 겨룰 수 있을 리는 만무한 일.

푸싱파울이 선언되며 공이 KG로 넘어왔으나 가람은 끙 하는 한숨과 함께 곧바로 일어서지 못했다.

"가람아. 괜찮아?"

"괜찮습다. 저놈 무지 딴딴하네요."

자리에서 일어난 가람을 본 민호는 고개를 저었다. 두툼한 살집 때문에 뼈가 상한 것 같진 않으나 근육이 놀란 상황이었다. 이럴 때는 잠시 쉬는 게 옳다고 프로 선수의 경험이 말해주었다.

"교체해야겠다."

"뭐요?"

가람이 절대 안 된다는 듯 고개를 저었다.

"잠깐만 서 있으면 괜찮아요. 천재 센터가 빠지면 수비는 누가 합니까?"

민호는 슬슬 진실을 말해 주어야 하지 않나 고민에 빠졌다. 단지 몸집이 있어서 센터를 맡긴 것일 뿐임을.

삐익.

휘슬 소리와 함께 안 코치가 교체를 요청했다.

"선수 교체! 23번 윤가람 아웃. 7번 곽성수 인."

"으아아!"

나가기 싫다는 표정의 가람이 민호의 팔을 붙잡았다.

"민호 선배의 영광의 시대는 언제였죠? 초등학교 농구교실 때였나요? 난 지그음…… 끄악!"

민호가 수도로 가람의 목덜미를 내려쳤다.

"잔말 말고 나가. 아직 4쿼터 남았어."

신우성이 체격의 우위를 앞세워 신나게 파고들기 시작한 후부터 점수 차이는 쉽게 벌어지지 않았다.

42 대 43의 근소한 차이로 S1이 앞서고 있을 무렵, 민호가 센터라인을 넘어서자 신우성이 기다렸다는 듯 따라붙었다.

'일대일 하자고?'

몸으로 부딪힐 상황만 아니면 신우성의 수비 정도야 간단히 따돌리고 3점슛을 넣을 수 있다는 자신감이 있었다.

신우성은 양팔을 벌린 채로 말했다.

"농구 정말 잘하는 거 같은데 쉰 지는 오래됐나 봐요. 4쿼터 뛰실 체력은 있으신지 모르겠네요. 포기하시면 저도 4쿼터에는 나오지 않겠습니다. 사실 여기 저희가 놀 급은 아니잖아요."

"글쎄다."

신우성의 말마따나 호흡은 거칠고 공을 튕기는 팔이 후들거리는 상황이었다. 3쿼터 시간이 거의 끝나감을 확인한 민호는 공을 튕기며 안쪽을 살폈다. 평소 운동 좀 해둘걸 이란 후회가 절로 일 정도로 이 게임을 지고 싶지 않았다.

그러기 위해서는 체력보다 우위에 있는 무언가를 보여줄 필요가 있었다.

민호의 시선이 다시 신우성을 향했다.

'어라?'

땀을 뻘뻘 흘리고 있는 자신과 마찬가지로 신우성 역시 이마에 땀이 흥건했다. 2, 3쿼터 내내 죽도록 골밑 돌파를 시도한 신우성 역시 지치기는 마찬가지였던 것이다.

'지가 쉬고 싶어서 같이 쉬자고 제안한 거였어?'

상대의 속셈이 뻔히 보이자 민호의 다리에 힘이 실렸다.

공을 바닥에 통통 튀기던 민호는 자연스러운 드리블을 선보이며 신우성의 옆으로 돌파를 시도했다.

드라이브인에서 중요한 건 자세를 낮춰 단번에 돌아나가는 순발력과 공을 잡지 않은 손으로 펼치는 가드다. 민호는 그것을 말끔하게 수행했다.

때문에 신우성은 방심하지 않고 뒤로 한발 물러섰다. 수비를 한다면 당연히 나오는 반응. 게다가 민호만큼이나 빨랐다.

민호는 상대가 물러난 거리만큼 전진하지 않은 채 그대로 슛 자세를 취했다. 설마 하는 신우성의 표정과 더불어 민호의 무릎이 부드럽게 굽혀졌다 펴졌다.

휘익!

하프라인 근처에서 던진 장거리 슛. 솔직히 민호도 이것은 확신할 수 없었다.

'반. 아님 반의반?'

큰 포물선을 그린 공이 골대에 부딪혔다. 핑그르 돌던 공이 그대로 골대 안으로 빨려 든 순간. KG의 벤치에 있던 후배들이 벌떡 일어나며 환호했다. 민호는 주먹을 불끈 쥐었다.

45 대 43.

어안이 벙벙해진 신우성이 민호에게 걸어왔다.

"이 정도 실력자를 모를 리가 없는데. 이름이 어찌 되세요?"

민호는 씩 웃으며 대답했다.

"나? 강민호. 포기를 모르는 남자지."

왠지 가람이 녀석에게 빙의되어 중2병스러운 말을 날려 버린 민호는 3쿼터 종료를 알리는 휘슬과 함께 당당히 등을 돌렸다.

"민호 선배에에—!"

가람이 눈에 하트가 어려 달려왔다. 땀범벅인 가람이 포옹을 하려 들자 민호는 팔을 들어 막았다.

"더워!"

3쿼터까지 민호와의 사투에서 모든 힘을 쏟아낸 S1은 이어진 4쿼터에서 거짓말 같은 참패를 당했다.

67 대 52.

15점 차이로 대승을 거둔 KG 농구팀의 승전보는 즉각 두 감독에게 전해져 희비가 엇갈리게 만들었다.

_____

Object : 프로 농구선수의 손목 보호구.

Effect : 전문 슈터의 감각과 경험을 공유할 수 있다.

19.
어바웃 패밀리

　윤환은 서재에 앉아 늘어지게 기지개를 켰다. 탁상에 놓여
있던 시계가 막 오전 11시를 넘겼다. 그는 늘 이 시간에 일어나
서재에 앉는 것으로 하루의 일과를 시작하곤 한다.

　"어디 보자."

　2달 전까지만 해도 윤환이 기상하고 바로 찾아보던 건 지구
촌 이슈나 세계 각지의 주가지수 같은 정보였다. 그러나 지금
은……

　탁자 구석에 놓인 액자를 본 윤환은 피식 웃었다.

　"민호 이 녀석. 오늘도 만졌나 보네."

　사진 속 다섯 살배기의 통통한 꼬마는 멍한 표정을 짓고 윤
환을 마주 보고 있었다. 그러나 윤환의 눈은 사진 속 꼬마의 얼

굴이 아닌 그 자체에 어려 있는 빛을 관찰 중이었다.

민호를 애지중지 아끼던 그의 할아버지 강정균이 무척 좋아한 사진. 멍 때리는 게 자기를 닮아 귀엽다나 뭐라나. 이것은 민호의 상태를 가장 직관적으로 파악하는 힘을 가진 정균의 유품이었다. 아프거나 몸에 이상이 있을 때는 깜박이는 것으로 신호를 보낸다.

'그래도 능력의 성장까지 확인할 수 있을 줄은 몰랐어.'

처음 동전을 넘겨주었을 때는 아무 색도 없이 빛만 났으나 며칠 뒤에는 엷은 노란색을 띠었다. 지금은 개나리처럼 선명한 노랑을 띤 상태였다. 아마도 곧 황금빛이 되리라.

윤환은 턱을 괴고 생각에 잠겼다.

동전을 손에 쥐는 것으로 각성하고 난 뒤, 적어도 일 년 이상은 걸릴 것으로 생각했었다. 다른 이의 애장품을 건드리는 것쯤이야 이런저런 이유로 부탁해 보면 가능하겠지만, 그것을 충분히 활용하는 건 쉽지 않은 일이니까.

"주의라도 줘야겠군."

애장품에 대한 경험이 상당해진 만큼 발견 가능한 범위가 늘어났을 것은 당연하다. 어쩌면 어렴풋이 느끼고 있을지도 모른다. 세상에는 단순히 좋아서 그 물건을 사용하는 사람 외에도 별별 집착을 가진 사람들이 있단 걸.

결심을 굳힌 윤환은 서랍을 열어 휴대폰을 손에 쥐었다. 그러다 이른 아침 부재중 통화가 기록된 것을 보고 눌러보았다.

'어라?'

요즘 같은 시대에 발신자 번호가 불분명한 전화는 드물다. 그러나 누가 걸었는지는 알 만했다. 단 한 건의 통화 내역 외에 없는 것을 보면 이 전화 역시 고심해서 걸었다가 끊었음이 분명해 보였다.

"음……."

윤환은 손가락을 딱 튕겼다. 벽면 한쪽에 진열되어 있던 뽀송뽀송한 솜털 곰 인형이 동글동글한 눈을 반짝이며 반응했다.

"테 비서."

[말씀하십시오.]

등의 스위치를 누르면 'I Love you~'하는 기계 목소리가 나오는 인형의 톤으로 대답이 흘러나왔다. 윤환은 익숙한지 별다른 표정 없이 물었다.

"누이랑 마지막으로 통화한 게 언제였지?"

곰 인형은 큼지막한 머리를 좌우로 까딱이더니 대답했다.

[785일 7시간 32분 30초 전입니다.]

"오케이."

민호가 입대할 즈음이었으니 여동생과 소원해진 지도 2년이 넘었다.

"그때 기록 좀 불러줘."

[통화 내용입니다.]

-난 이해할 수가 없어. 민호는 그냥 평범하게 살게 놔두면 안 돼? 그 동전, 그냥 오빠가 평생 지니고 살아. 아빠 그렇게 가신 거 봤으면서도 민호에게 물려주고 싶어?

곰 인형에게서 녹음된 테이프를 재생하는 것처럼 여성의 목소리가 계속해서 흘러나왔다.

-왜 그럴 수 없는데? 아빠도, 오빠도 나이만 어른이지 다들 똑같이 애야. 나도 몰라 이제! 어디 삼부자가 마음대로 살아봐.

윤환은 휴대폰의 주소록에서 '강윤정 검사'를 찾았다. 그리고 통화버튼을 꾹 눌렀다.

"적당한 때에 잘됐어. 안 그래도 민호 녀석한테 고모 상대하는 것 좀 떠넘기려 했으니까."

KG와 S1 게임단과의 단합대회가 진행 중인 체육센터.

민호는 나무그늘 아래 축 늘어져 휴식을 취하던 중이었다.

"하얗게 불태웠어."

원 없이 농구를 즐기고 체력 또한 방전됐음에도 다시 공을 붙잡고 싶어지는 건 왜일까? 손목 보호구를 보며 '한 게임 더'의 유혹을 느끼고 있던 민호의 옆으로 정요한이 다가왔다.

"한 캔 할래?"

맥주캔을 양손에 쥔 정요한이 민호의 옆에 털썩 앉았다. 민호는 고개를 휘저었다.

"나 어제도 무리해서 못 먹어."

"얼마나 마셨는데?"

민호가 검지 하나를 들어 보였다. 정요한은 쿡 웃으며 들고 온 캔 하나를 옆에 내려놓았다.

"술 약한 건 여전하구나."

"형수님은?"

"서은하 씨 따라 탁구장 구경 갔어. 연기자라 그런지 둘이 죽이 잘 맞아."

두 사람은 축구가 한창인 운동장에 시선을 던졌다. 맥주를 한 모금 넘긴 정요한이 말했다.

"나 올해 결혼할 거다."

"들었어. 축의금 두둑이 내줄게."

싱겁게 웃은 정요한은 진지한 표정이 되어 민호를 바라봤다.

"너도 서은하 씨랑 잘 어울려 보이던데. 생각 있으면 얼른 프러포즈해. 늦었다고 생각할 때가 정말 늦은 거라잖냐."

"그런 사이 아니야."

"아니긴. 아까 보니 깨가 쏟아지더구만. 내년이면 나도 서른이고 너도 이십 대 중반이잖냐. 얼른 좋은 색시 잡아라. 나처럼."

"뭐야? 왜 같이 묶어. 내년이면 난 이십 대고 형은 삼십 대지. 앞으로 5년은 형이랑 나랑 젊음의 급이 달라."

반쯤 농담이 섞인 민호의 야유에도 정요한의 진지한 표정은 사라지지 않았다. 정요한은 다시 맥주를 한 모금 넘긴 뒤에 진짜 하고 싶었던 말을 꺼냈다.

"늙긴 늙었지. 나, 작년부터 리그 16강을 넘어 본 적이 없어."

"왜? 형 실력 괜찮던데. 나 간신히 이겼다고."

"꾸준히 괜찮아야 하는데 가끔 그래."

정요한이 한숨지었다.

"게이머 생활 벌써 10년이다. 폼이 떨어질 때도 됐지."

이것은 민호도 어느 정도는 공감하는 문제였다. 이글스의 고딩만 봐도 고작 몇 개월 연습한 주제에 자신과 필적할 만큼의 실력을 보였었다.

민호는 우울한 기색인 정요한에게 물었다.

"연습 좀 도와줘? 후배들 열심히 굴렸더니 요즘 실력이 늘었어. 형은 더 빡빡하게 굴려줄 수 있어."

"아니. 결혼하고 나면 개인리그는 그만할 거야. 팀 리그에 주력하다 은퇴해야지. 아, 이건 감독님에게 비밀이다."

영원히 라이벌일 줄만 알았던 정요한이 은퇴를 고려하다니. 고3에 데뷔한 이후 언제나 믿음직한 선배이자 맞수였던 정요한의 고백은 민호로서는 씁쓸한 충격일 따름이었다.

민호가 아무 말 못 하고 앉아 있자 정요한은 다시 밝은 웃음과 함께 말했다.

"걱정 마. 아직은 현역이다. 개인리그만 그만두는 거야."

"그럼 개인리그 통산 전적은 10 대 9로 끝나겠네."

"한 시즌만 더 나가서 그건 맞춰놓을까?"

"11 대 9될걸? 난 아직 전성기야. 훗."

"그건 모르는 일…… 이라고 말하고 싶지만 솔직히 자신은 없다. 하하."

탁구 구경을 끝낸 서은하와 심가연이 돌아오는 모습을 발견한 정요한은 맥주캔을 재빨리 나무 뒤에 숨겼다. 민호가 물끄러미 바라보자 정요한은 멋쩍게 웃었다.

"울 자기가 낮술 하면 뭐라고 하거든."

정요한이 자리에서 일어났다.

"맞다. 가연 씨한테 말해서 서은하 씨 마음 한번 떠볼까?"

"됐어."

민호는 따라 일어서며 말했다.

"연애는 그냥 서로 자연스럽게 좋아지면 하는 거야. 굳이 고백해서 오늘부터 며칠. 어우, 나 이런 거 피곤해. 형은 형수님한테 꼭 붙들려 사는 게 재밌어?"

"말은 그럴싸하다만, 너 그러다 평생 결혼 못 한다."

정요한은 혀를 쯧쯧 찼다.

"민호 씨!"

멀리서 서은하가 손을 흔들어 보였다.

정요한은 민호의 입이 헤벌쭉 벌어지며 "은하 씨~"하고 양손을 흔들어 젖히는 광경을 목격하고는 어이없다는 표정을 지었다.

"지는."

단합대회의 마무리 겸 다 같이 모여 사이좋게 진행하는 이 인삼각 릴레이는 앞선 경기의 결과가 동률을 이루면서 모두의 관심을 받는 종목으로 급부상했다.

"이겨라! 이겨라!"

운동장 트랙의 출발선에 옹기종기 모여 열기 넘치는 응원을 펼치고 있는 KG와 S1의 선수들. 민호는 그 틈에서 남들과는 다른 이유로 후끈 달아올라 있는 상태였다.

"후, 팽팽하니까 저도 긴장되네요. 괜히 마지막 주자를 한다고 했나 봐요."

서은하가 가슴에 손을 얹고 호흡을 가다듬었다.

그녀의 가늘고 긴 속눈썹이 부드럽게 깜박거리는 것이 고스란히 민호의 시야에 들어왔다. 웃음을 지을 때 드러나는 보조개도 코앞에서 마주 보고 있자니 더 생생하게 보였다.

'어후, 심장 떨려.'

줄로 발이 묶인 뒤부터 민호는 그야말로 행복한 고민 속에 빠져 있었다.

마구 쿵쾅거리는 이 심장 소리를 들키면 어쩌나. 어깨동무는 과감히 해야 하는 건지 매너 손으로 하는 척만 해야 하는 건지. 뛰다가 발이 꼬여 넘어지면 끌어안은 채로 뒹굴어야 할까 몸을 빼야 할까.

"민호야 준비해. 서은하 씨~ 준비하세요."

안 코치가 다가와 민호에게 귓속말을 건넸다.

"저쪽 요한이 조 아까 연습하는 거 보니 무척 빠르더라. 이길 수 있겠어?"

"해봐야죠."

그 와중에 트랙을 돌고 있는 S1의 주자가 30미터가량 차이를 벌렸다. 주자인 가람과 철순이 열심히 뛰었으나 차이는 좁혀지지 않았다.

"심가연 파이팅! 정요한 달려!"

"할 수 있다. 심가연!"

S1의 주자가 도착해 정요한과 심가연 조가 먼저 바통을 받고 달려 나갔다.

"민호 씨."

어깨를 맞대고 있던 서은하가 민호를 나직이 불렀다. 그녀는 민호를 올려다보며 생긋 웃었다.

"냅다 달려봐요, 우리."

"네?"

민호가 서은하가 건넨 말의 의미를 고민하는 사이 KG의 주자가 도착했다.

"선배, 미안해요."

철순이 헉헉거리며 바통을 내밀었다.

착.

민호는 바통을 넘겨받자마자 움찔 놀라고 말았다. 어깨동무를 어떻게 해야 할지 고심하고 있던 와중에 서은하가 양팔로 그의 허리를 꽉 껴안은 것이다.

'허엇.'

경기 시작 전부터 쉴 새 없이 방망이질 치던 민호의 심장이 급기야 덜컥 내려앉았다. 서은하의 체온과 호흡이 선명하게 느껴져 사르르 몸이 녹아내렸다.

"출발~!"

경쾌한 서은하의 목소리를 시작으로 묶여 있는 한 발을 앞으로 뻗었다. 그러고 나서 다음 발을 디뎠을 때 민호는 깨달았다. 상체의 균형을 자신에게 온통 의지하는 대신 다리의 호흡만 신경 쓰는 그녀의 움직임은 무척 효율적이라는 걸.

'유도를 좀 했다고 했었지.'

굳이 보조를 맞추려 들지 않아도 호흡이 척척 맞았다.

아직 손목 보호구를 차고 있었기에 스포츠에 대한 전반적인 지식이 살아 있는 민호는 서은하의 균형감각이 대단하다고밖에 생각할 수 없었다.

성큼성큼. 트랙을 질주하다시피 달려 나간 민호와 서은하는 직선 주로에서 저만치 앞서 가던 정요한의 조의 뒤꽁무니를 따라붙는 데 성공했다.

"힘내요, 은하 누나!"

"민호 형! 좀만! 좀만 더!"

스타트라인에 몰려 있던 KG 선수들이 열광적으로 응원전을 펼쳤다. 경합은 골인 지점까지 이어졌다.

"아슬아슬해!"

"누가 이긴 거야?"

막상막하의 달리기 끝에 골인 지점을 먼저 통과한 것은 민호와 서은하의 묶여 있는 발이었다. KG 선수들이 만세를 부르는 가운데, 정신없이 내달려 가쁘게 숨을 몰아쉬던 서은하가 주위를 돌아봤다.

"우리가 이긴 거 맞죠?"

민호는 숨이 차 대답은 못하고 고개만 끄덕였다.

"우와!"

활짝 웃은 서은하가 KG 선수들처럼 만세를 불렀다. 민호는 즐거워하는 그녀의 모습을 한동안 넋 놓고 바라보았다. 옆으로 지나가던 정요한이 손가락 하나를 펴 '오늘부터 1일?'이라는 비밀신호를 보내자 헛기침하고 고개를 돌렸다.

온종일 내기의 승패에 전전긍긍하던 송대협 감독이 너털웃음을 터뜨리며 유명호 감독을 바라봤다.

"3차까지. 알지?"

유 감독은 '끄응'하고 한숨을 내뱉었다.

체육 행사가 끝나고 양 선수단 모두 회식 자리로 이동을 시작한 가운데, 민호가 모두에게 작별을 고했다.

"진짜 같이 안 가?"

정요한의 아쉽다는 듯한 눈길에 민호는 미안한 표정을 지었다.

"은하 씨 귀가 시간 늦어지면 안 돼서 말이야. 나도 술자리는 스케줄 있어서 힘들고."

"뭐, 1차에 뻗어서 업고 다녀야 하면 그것도 민폐지. 그럼 다음에 둘이서 한잔하자."

"그래, 형."

서은하도 심가연에게 인사했다.

"가연 언니. 오늘 하루 즐거웠어요."

심가연은 서은하의 손목을 붙잡고 한쪽 구석으로 끌고 왔다.

"은하야, 솔직히 말해봐."

"뭘요?"

심가연은 정요한과 대화 중인 민호를 가리켰다.

"둘이 사귀는 거 맞지? 사이가 너무 다정해 보여."

서은하는 묘한 미소만 지은 채 대답하지 않았다.

"출발해요, 은하 씨."

민호가 서은하를 손짓해 불렀다.

"저 가볼게요, 언니."

서은하가 확답을 주지 않고 가려고 하자 심가연은 애타는 눈길이 됐다.

"야아~ 대답도 안 하고 그냥 가게?"

이대로 가면 다신 못 볼 줄 알아 하는 심가연의 표정에 서은하는 조심스레 귓속말을 남겼다. 심가연의 눈이 커졌다.

"진짜?"

서은하가 민호와 함께 떠나고 정요한이 기대감이 가득한 얼굴이 되어 다가왔다.

"자기야, 뭐래? 관심 있어 해?"

"친구 같고 가족 같대."

"그럼 안 좋은 거잖아? 애인이 가족 같으면 무슨 재미로 사귀어?"

정요한이 고개를 갸웃하자 심가연은 아니라는 듯 손가락을 흔들었다. 로맨스 드라마 애청자로서의 감이 말해주고 있었다.

"저 드라마는 친구니 애인이니 따지는 평범한 드라마가 아니야."

누구도 그냥 친구를 저렇게 애틋한 눈길로 쳐다보진 않는다. 편안함과 배려가 말없이 공존하는 가운데 애인과 같은 설렘까지 느낄 수 있다면 그건 그야말로 천생연분이라고 봐야 한다.

"지면 안 되겠어."

심가연은 정요한의 팔짱을 꼈다. 정요한은 본능적으로 심가연의 눈치를 살폈다.

"그럼, 우리 회식 가지 말고 데이트나 갈까?"

"응~"

눈치 보기 성공!

"잘 썼어요."

민호는 차 안에 앉자마자 고이 접은 손목 보호구를 내밀었

다. 정든 임을 떠나보내는 것만 같은 그의 슬픈 눈길에 서은
하는 피식 웃고 말았다.

"더 빌려 가셔도 돼요. 아빠가 한 일주일은 제 것인 척하라
고 했거든요. 토크쇼가 다음 주말 촬영이니까 그때 주세요."

쿨한 서은하의 제안에 민호는 감격한 얼굴로 손목 보호구
를 손에 쥐었다. 이로써 농구 손맛을 좀 더 만끽할 수 있게
됐다.

"은하 씨 최고!"

"뭘요. 후후."

별다른 대화 없이 서은하의 집으로 향하는 길.

민호는 그럼에도 어색한 느낌은 받지 못했다. 친해졌다는
기분 때문인 건지, 하루치 두근거림이 이인삼각에서 모조리
폭발해서인지는 몰랐으나 조용히 드라이브를 즐기는 지금이
민호에겐 만족스럽기 그지없었다.

'골 아픈 정치외교학 얘기를 별로 안 해서 그럴지도.'

흘끔 서은하 쪽으로 시선을 던진 민호는 웃고 말았다. 아
침부터 한시도 쉬지 않고 체육센터를 누빈 탓인지 곤하게 잠
을 자고 있던 것이다.

눈을 감은 모습도 예쁘다는 건 화보 촬영 때 익히 느꼈으
나 그럼에도 시선이 떨어지지가 않았다.

민호는 라디오의 전원을 켰다.

"붕붕아. 탑승자가 최대한 편안하게 달리는 방법 좀 알려줘."

―드라이버 교육 과정에 그런 방법은 없습니다.]

"냉정하긴. 알았다."

민호는 고개를 흔들며 운전에 집중했다.

―기어 변경에 주안점을 두는 기술을 시도해 보십시오.]

"응? 그게 뭔데?"

―더블 클러치입니다.]

"농구 기술 이름 같은걸?"

기어 변경 시 클러치를 밟아 중립기어로 옮기면서 악센트를 주듯 액셀을 톡톡 밟았다가 다시 기어 변경을 마무리하는 기술. 민호는 속도 전환이 나긋나긋하게 되는 느낌에 감탄했다.

"역시 붕붕이. 너밖에 없어."

―부드러운 운전을 좋아하면 시프트 다운에 인색해질 위험이 있습니다. 드라이버로서는 약점입니다.]

"걱정하지 마. 내 레이서의 피는 죽지 않는다고."

빙긋 웃던 민호는 옆에 놓아둔 휴대폰이 울려 발신자를 확인해 보았다.

"아버지네?"

큰일 아니면 생전 전화를 않는 윤환이기에 민호는 신호에 정차한 뒤 이어폰을 찾아 귀에 걸었다.

−바쁘냐?

대뜸 물어오는 말에 민호는 반사적으로 대답했다.

"행사 끝나서 오늘 스케줄은 없어요."

−잘됐네. 어디 좀 가줘야겠다.

밑도 끝도 없는 명령에 민호가 눈을 치켜뜨는 사이 윤환의 음성이 이어졌다.

−너 고모 좀 만나고 와라. 일도 좀 거들고.

"대판 싸우셨다고 하지 않았어요?"

−대충 화해했어.

"저 고모는 왠지 무서워요. 몇 번 못 뵀지만, 성질이 좀 있으시잖아요."

−크흠.

수화기 너머의 윤환이 동감의 헛기침을 한 뒤 말했다.

−아무튼, 가서 고모 일 좀 도와주면 네가 원하는 유품 하나 내어 주마.

민호는 정신이 번쩍 들었다.

"아무거나요?"

−아무거나.

"갑니다! 고모 요즘 어디 계시는데요?"

−서울북부지검. 형사6과.

민호는 설마설마하며 물었다.

"고모님 직업이······?"

─맞아. 부장검사야.

워낙 왕래가 없어 어릴 때 세 번 정도 마주친 것이 전부였기에 상상도 하지 못했다.

─네 능력에 대해서 고모가 해줄 말이 있을게다. 잘 듣고 나서 스스로 판단해. 내 입장은 처음 동전을 건넸을 때와 다를 바 없으니까.

"그냥 마음 가는 데로 살라는 말씀 말이죠?"

─끊는다.

달칵.

용건만 간단히 끝마친 윤환은 칼같이 통화를 종료했다.

"쩝."

민호는 고모 강윤정에 대해서 생각해 보았다. 집에 찾아오면 언성을 높이고 싸웠던 기억만 있을 뿐이었다. 그러고 보니 고모도 능력자일지도 궁금해졌다.

'뭐, 가보면 알 수 있겠지.'

주택단지에 들어서자 멀리 서은하의 집이 눈에 들어왔다. 민호는 차를 멈추고 잠들어 있던 서은하의 어깨에 손을 올렸다.

"은하 씨, 다 왔······?"

민호는 그녀를 깨우다 말고 뒷골이 으스스한 느낌을 받았다. 붕붕이에 의해 주위의 감지능력이 월등해진 상태였기에 알 수 있었다. 창밖에서 부리부리한 눈으로 자신을 쳐다보고 있는 한 사내의 존재를.

똑똑.

창문을 두드리는 소리에 그대로 경직된 민호가 서은하의 어깨에서 손을 뗐다. 창문을 내리기 위해 다급히 손을 놀렸으나 돌려서 내려야 하는 80년대 클래식카의 위용 앞에 상당한 시간이 허비해야 했다.

땀이 삐질 흐르는 가운데 마침내 창문을 내린 민호가 고개를 숙이며 우렁차게 외쳤다.

"안녕하십니까!"

서철중은 흘깃 차 안의 상태를 살폈다. 탐색하는 그의 눈길이 닿는 곳마다 싸늘한 바람이 몰아쳤다. 서은하의 어깨에 닿았던 오른손을 슬쩍 감춘 민호는 아무 일도 없었음을 강조하기위해 스마일을 유지했다.

"잘 지내셨죠?"

"아니. 일주일에 딱 하루 있는 휴일에 우리 딸을 홀랑 꼬셔 나간 녀석이 있어서 말이지."

가시가 있는 대꾸에 곧바로 말문이 막혀 버린 민호. 서철중은 민호의 눈동자에 시선을 고정한 채 물었다.

"그래, 종일 잘 놀고 왔나?"

"으, 은하 씨는 오늘 아무 탈 없이 재밌게 보냈습니다."

서철중은 민호의 눈동자가 파르르 떨리는 가운데 시선을 회피하듯 왼쪽으로 움직였다 다시 돌아오는 모습을 보았다.

"재미는 있게 보낸 것 같군. 우리 딸이 날 닮아 운동은 좋아하거든."

서철중은 강력반에서도 심문을 전담하는 형사였다. 눈을 보면 웬만큼 상대방을 파악할 수 있는 경지에 있는 그였기에 단언할 수 있었다.

처음부터 떨고 있던 건 그저 당황해서고, 질문을 하자 시선을 회피하듯 움직인 건 거짓말 때문이 아니다. 압박을 받아 기억을 되짚기 위해 한 반사적 행동일 뿐. 거짓말을 잘하는 이는 오히려 눈을 똑바로 뜨고 상대방이 거짓말을 믿는지 아닌지를 확인하려 든다.

"신체 접촉은?"

"없었습니다!"

민호는 필사적으로 고개를 흔들었다.

"바른대로 말하면 정상 참작해 주지."

"사, 사실 이인삼각 경기를 같이 하긴 했어요. 하지만 저는 절대 매너손을 지켰음을 맹세합니다."

바로 실토를 하는 눈앞의 저 청년은 척 봐도 거짓말이 서툰 상대였다.

"우음."

좌불안석의 민호를 구해준 건 소란스러움에 몸을 뒤척이다 눈을 뜬 서은하였다.

"아빠?"

"응, 우리 딸~ 왔어?"

"왜 나와 계세요?"

"사건 마무리 지을 게 있어서 서에 잠깐 가는 중이었지~"

사나웠던 서철중의 기세가 한순간에 풀어졌다. 그 정직한 태세변환에 민호는 오히려 안도했다. 적어도 서은하가 옆에 있다면 서철중에게 숨 막혀 죽을 일은 없을 테니까.

"아빠, 민호 씨한테 뭐라고 또 했죠?"

"아니야~ 그냥 인사만 했어."

"아빠 때문에 친구를 못 데려와. 그러지 말라고 했잖아요."

서은하가 고개를 저으며 안전벨트를 풀었다.

내려서 인사하기 위해 시동을 끄려는 민호의 팔을 서철중이 붙잡았다. 밖으로 내리는 서은하의 눈치를 살피더니 낮은 목소리로 속삭였다.

"자네는 바쁠 테니 어서 가야지? 응?"

'어서'라는 단어를 말할 때 보인 서철중의 섬뜩한 한기를 경험한 민호는 차키에서 손을 떼고 사이드 브레이크에 손을 올렸다.

대문 앞에선 서은하가 민호에게 손짓했다.

"민호 씨. 곧 저녁인데 식사라도 하고 가요. 저 때문에 회식도 참여 못 하셨잖아요."

"아니요. 일이 있어서 바로 가봐야 해요."

아쉽다는 듯한 서은하의 시선. 그녀가 말하면 서철중도 꼼짝 마라였기에 정말 일이 있는 것이 다행이라는 생각이든 민호였다.

"그럼 가보겠습니다, 은하 아버님! 은하 씨도 잘 있어요."

서은하가 방긋 웃으며 손을 흔들었다.

"토크쇼 끝나면 꼭 저녁 같이 먹어요, 우리."

"저녁? 또?!"

서철중의 반문에 운전대를 잡은 민호의 팔이 화석처럼 딱딱해졌다.

"아하하…… 그날 얘기해요, 은하 씨."

민호는 백미러에 꽂힌 서철중의 냉혹한 시선을 애써 아무렇지 않은 척 받아내며 서둘러 차를 몰아 나갔다.

-몸이 굳어진 채로 핸들을 잡으면 노면 상태를 인지하는 감도가 떨어집니다.

드라이버의 이상 상태를 감지한 라디오의 불빛이 깜박였다. 민호는 라디오를 보며 나직이 한숨을 쉬었다.

"후, 붕붕아. 지금은 운전 서툴러도 이해 좀 해주라."

도로에 접어들자 좀 진정이 된 민호는 방금 전 일을 떠올리며 생각에 잠겼다.

이미 엎질러진 물. 앞으로도 부딪힐 일은 있을 테고 피할 수 없다면 즐겨야겠지.

"까짓것. 그래. 즐겨야지. 하하하핫!"

서은하와 맛있는 저녁을 먹고, 남자 대 남자로 서철중에게 확 그냥!

─공포 상태에서의 고속 주행은 사고를 불러올 수 있습니다.

정곡을 찔린 민호는 억지로 짓던 웃음을 멈췄다.

"붕붕아. 코앞이 절벽인데 그리로 차를 몰아야 할 상황이면 어떡해야 할까?"

─사망신고서부터 작성하십시오.

"……."

북부지검은 칙칙하고 무거운 분위기일 것이란 민호의 예상과는 달리 세련된 현대식 건물로 지어져 있었다. 검찰청 방향이 적혀 있는 금빛 이정표를 따라 주차장으로 들어서고 나니 오기 전부터 서서히 들어온 긴장감이 더욱 진해졌다.

생애 첫 검찰청 출두.

민호는 호흡을 가다듬고 휴대폰을 들었다.

[저 왔어요, 고모.]

문자를 날리고 얼마 뒤, [일단 입구로 와]라는 답문이 왔
다. 민호는 차에서 내려 검찰청 입구로 걸어가기 시작했다.

고모를 마지막으로 본 게 중학교 무렵이었으니 상당한 시
간이 흘렀다. 그 당시만 해도 프로게이머를 하는 것에 미쳐
별생각이 없었는데, 돌이켜 보면 고모는 아버지에게만 언성
을 높였지 자신에겐 친절한 편이었다.

학교 때려치우고 바로 게이머를 하고 싶어 하던 자신에게
머리에 든 지식이 없으면 결국 실패할 거라는 진심 어린 충
고를 해주기도 했었다.

'뭐, 그렇다고 공부를 뛰어나게 잘한 건 아니지만.'

민호는 입구로 걸어가다 사람이 꽤 몰려 있는 것을 보았
다. 웅성거리며 입구를 주시하고 있는 사람들 대부분이 카메
라를 들고 있는 기자들이었다.

'사고라도 터졌나?'

구경하며 그들 사이를 비집고 지나는데 대화 소리가 들려
왔다.

"추행으로 기소라니. 최 회장, 정치권에 밉보이기라도 한
거야?"

"여비서가 이쁘다잖아."

"하여튼 늘그막에 사건 하나 제대로 터트려 주네. 오늘 내로 조사받고 나오려나?"

민호는 출입을 통제 중인 경비 옆에 서 있던 중년 여성을 발견하고 손을 들었다. 아버지 윤환과 눈매가 닮았기에 멀리서도 눈에 잘 띄었다.

"고모."

강윤정이 고개를 돌렸다. 민호를 확인한 그녀가 경비에게 말하자 유리문 안쪽의 출입구가 열렸다.

"들어와."

내부 검색대까지 그대로 통과해 강윤정 앞에 선 민호가 고개를 숙였다.

"오랜만에 봬요."

"여긴 대화 나누기 그러니까 따라와."

근 7년 만의 대화치고는 반가움이라곤 일절 담기지 않았으나 민호는 그러려니 하고 잠자코 강윤정의 뒤를 따랐다. 군 제대 후, 부푼 꿈을 안고서 집에 온 자신에게 '왔냐?'하고만 아버지 윤환과 크게 다르지 않았던 것이다.

엘리베이터에 서자 강윤정은 민호의 얼굴을 훑어보았다.

"다 크니 할아버지 젊을 때 얼굴이랑 똑같네."

의외로 부드러운 음성에 민호는 옛날 기억 중 하나는 틀리지 않았음에 안도했다. 적어도 자신에겐 성질부린 적이 없다.

도착한 곳은 4층의 개인 사무실이었다. 안쪽으로 들어서자 정갈한 화분이 놓여 있는 장식장 외엔 서류철과 탁자밖에 없는 휑한 공간이 모습을 드러냈다.

민호의 시선은 그 중에서도 벽면 한쪽에 진열되어 있는 책을 향했다. 한자로 법전(法典)이라 쓰여 있는 두꺼운 책자. 은은한 빛이 어려 있는 것이 애장품이 분명해 보였다.

"너도 오자마자 그것만 보는구나."

"고모 것 맞죠?"

"네 할아버지가 사주셨지. 사법고시 꼭 떨어져서 시집이나 가라면서. 후후."

현직 검사의 능력이란 것은 무엇일지 무척 궁금해진 민호는 강윤정에게 고개를 돌렸다.

"고모도 아버지나 저랑 같은 건가요?"

"아니."

"왜요? 같은 가문인데."

"첫째에게만 전해지는 모양이야."

"고모는……."

민호는 가문의 비밀을 전해 듣고 나서부터 삶 자체가 바뀌다시피 했기에 능력이 없는 것이 아쉽지 않느냐는 물음을 던지려고 했다. 그러나 강윤정은 전혀 신경 쓰지 않는 듯 눈초리로 말했다.

"일단 앉아."

강윤정이 탁자 옆의 의자를 가리켰다. 민호가 자리에 앉자 강윤정도 건너편에 앉았다.

"네 아버지가 동전을 물려주며 설명을 제대로 안 해준 것 같던데. 예를 들어, 할아버지가 왜 돌아가셨는지 같은."

민호는 어릴 적의 기억을 더듬어 보았다. 장례식장에서 울던 기억 외에는 드문드문 떠오를 뿐이었다.

"사고 같은 거 아니셨어요?"

"사고는 사고지. 너와 네 아버지가 갖고 있는 능력 때문이니까."

"무슨……."

"아까 내가 능력이 없어서 아쉬워할 거라고 생각했었지?"

민호는 말없이 고개를 끄덕였다. 강윤정은 그럴 줄 알았다는 듯 웃으며 말했다.

"왜 민호 네 아버지가 10년째 집에서 꼼짝 않고 있는지 알아? 그건 밖으로 나올 수 없는 사정 때문이야."

"사정이라니요?"

"물건에 담겨 있는 힘을 활용하면 활용할수록 인지할 수 있는 범위는 점점 넓어져. 그러다 보면 원치 않는 물건에 영향을 받게 될 가능성도 올라가지. 네 할아버지는 손을 대지 않고서도 빛을 흡수할 수 있다고 하셨어."

"아……."

민호는 물건의 주인이 가진 깊은 집착에 휘둘렸던 경험을 떠올렸다. 만져서 능력을 활용하는 행위 위의 단계가 존재한다면 충분히 휘둘릴 수 있는 가능성이 있다.

"과연. 고모는 이 능력이 위험하기 때문에 사용하고 싶지도 않은 거고, 별로 부럽다는 생각이 없으신 거군요."

강윤정은 인정한다는 표정을 지었다.

"제 생각은 좀 달라요."

민호는 대수롭지 않다는 듯 말했다.

"아버지가 위험할까 봐 못 돌아다닌 지 10년밖에 되지 않았다면, 그 전까지 신나게 즐기셨다는 말이잖아요. 어휴. 거의 30년을 그리 살기도 힘들겠네. 그때까지 하고 싶은 거 맘껏 해보고 나면 충분하죠."

생각의 포인트가 전혀 다른 조카의 말에 강윤정이 어처구니 없어하는 사이, 민호는 법전을 가리켜 보았다.

"저거 좀 둘러봐도 돼요?"

"어? 으응."

민호가 신나서 법전 앞으로 달려갔다.

"맞다. 아버지가 고모 일 도와드리라고 하던데. 어떤 거죠?"

강윤정은 "후~"하고 체념이 섞인 숨을 내뱉더니 말했다.

"민호야."

"네, 고모."

"나는 네가 할아버지처럼만 안 됐으면 좋겠어. 네 아버지처럼 지내는 것도 싫고."

진심으로 걱정하는 고모의 표정에 민호는 가슴 한구석이 따뜻해지는 것을 느꼈다. 결국 고모는 할아버지도, 아버지도, 자신도 행복하게 살았으면 하는 것이다.

"다른 사람들 물건 만져보면서 느낀 건데, 결국 대단한 능력을 스스로 갖추고 있는 사람들을 부러워하는 건 저 더라고요. 이것저것 만지고 경험하다 욕심나는 거 있으면 저도 그런 애장품 하나 만들어 보려고요."

강윤정은 할아버지를 꼭 빼닮은 민호에게서 할아버지에게 없던 것 한 가지를 보았다.

"다른 건 몰라도 그 녀석이 나보다는 잘 살 거다. 집안 능력에서 가장 독이 되는 게 이기심인데 그 녀석은 그것 자체가 한심할 정도로 부족해."

가까이서 지켜보니 낮에 윤환과의 통화에서 들은 말 그대로였다. 때 묻지 않은 아이 같은 호기심. 철이 없다고만 생각했던 이것은 어쩌면 강씨 가문의 남자들이 가진 유일한 장점일 수도 있겠다는 생각이 들었다.

강윤정은 듬직해 보이는 민호의 어깨에 시선을 두었다. 그러고 보니 못 본 사이 꽤 훤칠해졌다.

"오오!"

법전을 손에 든 민호가 탄성을 질렀다.

"상해죄. 형법 제257조에 의거, 7년 이하의 징역 또는 1,000만 이하의 벌금을!"

손에 쥐자마자 죄에 해당되는 법정 최고형이 스르륵 머릿속을 스쳤다. 그러고 나서 민호의 시선에 들어온 것은 강윤정이 아침부터 고심하고 있던 사건파일이었다.

최손규 성추행 기소건.

민호는 그도 모르게 탁자 위의 사건파일을 훑었다.

"오호라. 최 회장이 꿍꿍이가 있어 자진 출두한 거였어요? 기자들 대기 중이더니 이분 엄청 유명한 사람이었네요. 구두닦이 성공신화라니. 구두만 닦아서 빌딩 사려면 대체 몇 켤레를 닦아야 하는 거야?"

강윤정은 그녀가 전혀 언급하지 않은 사실을 민호 혼자 알아냈음에도 전혀 놀라지 않았다. 오히려 익숙하다는 듯 계속하라는 표정이었다.

"정계에 얽혀 있는 사람은 확실할 때 건드리지 않으면 팀 자체가 사라질 수도 있다 이거군요. 성공하면 홍보 빵빵 때릴 수 있는 실적을 얻는 거고. 이런 큰 건은 형사6부에선 몇 년에 한 번 있을까 말까한 기회……."

민호는 그러다 고개를 갸웃했다.

"근데 제가 뭘 어떻게 도울 수 있다는 거죠? 이건 검사 일이잖아요."

"네 할아버지가 날 도와줬던 방식으로."

검은 거울과 탁자가 전부인 어두운 조사실 안.

DM건설의 회장 최손규는 거울에 시선을 던졌다. 환갑이 넘은 흰머리의 살집 많은 노인이 비춰졌으나 그의 시선은 그 너머의 보이지 않는 사람들을 향해 있었다.

추행으로 조사를 받은 지 10시간째. 이제는 할 이야기도 남지 않았다. 증거도 명백하고, 진술도 빈틈이 없다.

이곳 검사들이야 큰 건 잡았다고 좋아하겠지만 법정싸움으로 들어가면 유죄를 받을 확률은 실질적으로 제로였다. 실추된 이미지 역시 몇 달 지나면 쉬쉬하게 될 일.

자신이 자진해서 출두한 이유는 꿈에도 모를 녀석들을 상대하는 최 회장의 표정은 느긋할 수밖에 없었다.

달칵.

하루 종일 자신을 조사한 형사6부의 수사관과 노트북을 든 실무관. 양복을 입은 청년 하나가 조사실 안으로 들어섰다.

실무관이 노트북을 올려놓고 세팅하는 사이 청년은 큼지막한 플라스틱 박스 하나를 탁자 옆에 내려놓았다. 뭐하냐는 최 회장의 눈길에 청년은 고개를 숙여 보였다.

"부장검사님께 특별위임을 받아 조사에 참여하게 된 강민호라고 합니다. 저는 몇 가지 질문만 하고 나갈 테니 긴장하실 필요 없어요."

"긴장? 이젠 심리 전문가에게라도 조사받을 줄 알았더니……."

최 회장은 고작 스물 초반으로 보이는 민호에게 시선을 돌렸다.

"몇 살이지?"

"스물넷이요."

한심하다는 표정으로 거울을 바라본 최 회장은 혹시 이것이 술책일지 모른다는 생각에 일단은 가만히 상대가 해올 질문을 기다렸다.

수사관이 민호에게 먼저 하라고 눈짓했다. 민호는 자리에 앉자마자 물었다.

"구두만 닦아서 어떻게 대기업 회장님이 되신 거죠?"

"뭐?"

최 회장의 하얀 눈썹이 꿈틀했다. 민호는 멋쩍게 웃은 뒤에 손사래를 쳤다.

"아, 이건 그냥 궁금해서요. 수사관님 이건 기록하실 필요 없어요."

민호는 탁자 옆에 놓여 있는 박스를 열었다. 안에는 최 회장의 사무실에서 압수해서 담아온 증거품들이 쌓여 있었다. 민호는 그중에 하나를 들어 올려 보였다. 광택이 나게 코팅이 되어 있는 구식 디자인의 구두였다.

"추행 당시 사무실에 비치되어 있던 구두. 이거 엄청 아끼시는 거 맞죠? 아끼는 물건이 있는 분이시라 참 다행이에요."

민호의 등장이 단지 혼란을 주기 위함이라고 확신한 최 회장은 비웃음을 흘리며 말했다.

"내 경험에 의하면 35세 이하의 모든 사람들은 똥인지 된장인지를 구분도 못 하지. 그래서 내 회사는 35세부터 봉급이 배로 뛰어."

"아하~"

민호는 손바닥을 탁 쳤다.

"이 사건이 법정에 가면 어떻게 판결이 날지 확실하게 알고 계신 거군요? 직장 상사가 여직원을 불러서 '자고 가라'며 손목을 잡았을 때, 이 행위를 추행으로 보지 않을 판사가 더 많을 것이라고. 손목은 그 자체만으로 성적 수치심이나 혐오감을 일으키는 신체 부위로 보기 어렵다고 유도할 수 있으니까요."

최 회장은 움찔했다. 변호사와 은밀한 상담이 끝난 부분을 어떻게 알아 낸 거지?

민호는 구두를 내려놓고 최 회장을 똑바로 쳐다보았다.

"갑자기 검찰에 출두해서 소문을 내고 주목을 받아야만 할 이유가 뭘까요? 횡령이나 비자금 쌓는 방법은 기막히게 떠오르는데, 이 부분은 생각이 안 나네요."

"머리에 피도 안 마른 것이 뭐라는 거야?"

당황한 것이 분명한 최 회장의 대구에 함께 앉아 있던 수사관과 실무관의 눈빛도 진지해졌다.

민호는 박스 안에서 법전을 꺼냈다.

"그럼, 잠깐 고민 좀 해볼까요?"

오른손 아래 법전. 왼손 아래 구두.

유능한 검사와 능구렁이 회장의 경험이 들어오기 직전에 읽었던 사건파일과 맞물려 민호의 머릿속에서 치열한 논전을 벌이기 시작했다.

신문 과정을 고스란히 지켜볼 수 있 거울 너머의 방 안. 강윤정은 최 회장의 얼굴 표정을 꼼꼼히 체크하고 있었다.

정계에 연줄이 가득하다고 알려진 인물이 밀려밀려 형사6부에 오게 된 것은 위에서도 껄끄러워하기 때문이었다. 기소해서 집어넣어도, 설령 불기소로 끝나도 최 회장의 존재 하나로 검사 생활에 막대한 영향을 받으리란 것은 분명했으니까.

오랜 기간 부장검사직에만 있었던 그녀지만 출세에 대한 욕심은 없었다. 그러나 형사6부의 부장이라는 입지가 흔들릴 일에서만큼은 철저해지고 싶었다. 2년이나 연락을 하지 않았던 오빠에게 도움을 요청했던 것도 그래서였다. 그리고 오빠는 민호를 추천했다.

"다 인정했잖아. 구속하든 풀어주든. 어서 끝내라고!"

민호가 들어간 지 고작 1분도 지나지 않아 압박을 받은 최 회장의 표정이 흔들렸다.

'아빠나 오빠보다 능력을 잘 활용하는 거 같아. 성향이 다른 물건을 한꺼번에 붙잡으면 능력이 뒤섞여 다루기 힘들어진다고 들었는데. 이것도 재능이 있는 걸까?'

"……어서 끝내라고!"

성질을 부리는 최 회장에게 민호는 차분히 대답했다.

"보통은 말이죠. 추행을 한 사람 쪽에서 잡아떼게 마련이에요. 어색함을 없애기 위함이었다느니, 손녀딸 같아서라느니. 그런데 최 회장님은 너무 시원하게 인정을 하세요."

"그게 뭐 어때서? 재판 받고 죗값 치르겠다잖아."

"그런데 말입니다."

어느 방송의 시사프로에서 본 익숙한 말투를 흉내 낸 민호는 사건파일에 있는 피해자의 사진을 손끝으로 콕 집었다.

"취향도 아닌 여비서의 손목은 왜 붙잡으셨을까요? CCTV 뻔히 깔려 있는 사무실에서 말이죠."

최 회장은 말도 섞기 싫다는 듯 고개를 돌렸다.

민호는 최 회장의 입장에서 아무리 고민해 보았으나 명확한 답을 찾아낼 수가 없었다. 단지 사진 속 여비서를 보면서도 아무런 감정이 일지 않는다는 것. 그렇기에 추행을 빌미로 검찰청에 출두한 다른 이유가 있다는 심증은 더 확실해졌다.

'쉽지 않네.'

법전과 구두.

전혀 다른 성향을 가진 두 물건을 한꺼번에 붙잡자 함께 능력을 활용하는 것이 생각만큼 간단치가 않았다. 어울리는 물건끼리 가까이 있게 되면 은은한 빛이 다시 어리던 현상이 없기 때문일 것이다.

'이건 상성이 좋지 않나 봐.'

민호는 그럼에도 정신을 집중한 채 최 회장의 배경을 명확하게 정리해 보았다.

구두닦이로 시작해 막노동판을 전전하던 최 회장이 우여

곡절 끝에 작은 회사를 차렸다. DM건설은 그 이후 부동산 붐을 타고 크게 성공한 회사다. 개발 불가능한 지역의 땅을 공격적으로 사들여 로비를 통해 허가를 얻는 방식으로 수천억의 이익을 챙기기도 했었다.

그 와중에 남모를 비리가 있었을 것은 당연한 일.

고모 강윤정은 혹 이 비리 중 하나가 덜미를 잡혀 그것을 무마하기 위한 연막은 아닐지 의심 중이었다. 고위인사의 수사라는 것은 여론의 눈치를 볼 수밖에 없고, 추행범으로 낙인찍힌 최 회장은 욕을 먹겠지만 비리 혐의로 재수사를 받을 확률은 낮았다.

한 번 털린 그를 다시 이슈화시켜 비리 수사를 진행할 용감한 검사는 현재의 사법 체계에서 쉽게 등장할 수 없으니까. 덜미를 발견해 털어야 한다면 검찰청에 출두해 있는 지금이 적기였다.

'하지만 약해.'

이건 일부러 매스컴의 주목을 받으며 성추행범이 되려 하는 이유로서는 부족했다. 최 회장급의 인물이라면 더 세련되게 해결할 방법이 있다. 당장 최 회장의 경험을 공유 중인 민호만 해도 뇌물을 왕창 먹여 무마시키는 몇 가지 방법을 간단히 생각해 냈다.

고모도 이것을 알기에 도움을 청한 것이리라.

고민 중이던 민호는 오래 보존하기 위해 코팅액을 발라둔 최 회장의 구두에 시선이 머물렀다.

"이거 구두닦이로 고생하시던 시절에 장만하신 거 맞죠?"

"흥."

최 회장은 민호의 물음에 그저 코웃음만 칠 뿐이었다. 이후에 수사관이 자료를 살피며 몇 가지를 질문 했으나 최 회장은 이미 다 밝혔다며 묵묵부답으로 일관했다.

민호는 구두를 보면 볼수록 묘하게 아련한 감정이 깃드는 것이 최 회장이 이것을 얼마나 아끼고 있는지를 고스란히 느낄 수 있었다.

'뭘 그리워하는 거지?'

최 회장이 경험해 온 온갖 풍파 중에서 유독 하나의 감정만 선명하다는 것은 좀 이상했다.

민호는 그것을 파고들기 위해 구두를 자세히 살폈다. 그리움의 정서는 카페 Once나 윤이설의 하모니카를 접했을 때도 공감한 적이 있었다.

'모르겠어.'

설령 누군가에 대한 애틋한 감정이 있다고 해도, 성추행이 얽힌 이 사건과는 관계없으리란 생각에 민호는 고개를 흔들었다.

성과 없이 시간을 보내던 민호는 고개를 돌리다 심문 과정을 경청 중인 젊은 실무관 황인호와 눈이 마주쳤다. 눈인사를 하며 다시 구두에 시선을 돌렸으나 황인호의 얼굴이 자꾸만 기억에 남았다.

'응?'

대기업 회장이라든지, 성추행이라든지, 정계의 복잡하게 얽힌 관계만 염두에 두고 있던 찰나 생각 하나가 번뜩였다.

넓은 쇄골. 단련되어 있는 근육. 황인호는 남자다운 외모가 실로 매력적인 사내였다.

민호는 황 실무관을 보며 빙긋 웃었다. 그리고 양 뺨이 화끈거리는 것을 느꼈다. 실로 자신의 취향인 남자다.

"……?!"

움찔 놀라 구두에서 손을 뗀 민호.

당황해서 최 회장을 바라본 민호는 다시 황 실무관에게 고개를 돌렸다. 고모가 자신을 잘 보필하라며 붙여준 실무관은 태권도 유단자에 듬직한 청년이라고 들었다. 그러나 구두에서 손을 뗀 지금 방금처럼 뺨이 화끈거리는 무언가가 느껴지진 않았다.

'이거이거.'

구두를 슬쩍 터치하자 머릿속에서 황 실무관의 굵은 목젖이 가진 매력이 저절로 탐구되기 시작했다.

'나 참. 그런 거였어?'

대기업 총수가 남자를 좋아하는 사람이었다니. 민호는 최 회장을 보며 경악했다가 이내 고개를 끄덕였다.

하나의 실마리가 풀리자 답이 보였다.

최 회장이 성추행으로 검찰청에 들어온 이유. 그것은 잡다한 이해관계가 얽혀서가 아니었다. 단지 최 회장의 남다른 취향을 감추기 위한 연막작전일 뿐이었다.

DM건설은 남자들이 선호하는 투박하고 심플한 디자인으로 건축물을 지어 인기를 끌어왔다. 최 회장 역시 마초적이고 화끈한 언행으로 회사의 이미지를 관리해 왔고. 이것은 최 회장이 커밍아웃을 하게 되는 순간 일거에 무너져 버린다.

회사 이미지 실추는 물론이고, 수십 년간 가족에게 이 사실을 숨겨온 최 회장 개인에게도 엄청나게 부끄러운 일인 것이다. 차라리 여자를 희롱했다는 오명이 나을 만큼.

"여기 황 실무관님 되게 잘생겼죠?"

뜬금없는 민호의 물음에 최 회장은 지금까지 보여 온 그 어떤 표정보다 당황한 얼굴이 되었다.

"미, 미친!"

민호는 사색이 된 최 회장의 반응으로 확신을 가질 수 있었다.

최 회장은 누군가에게 비밀을 들켰기에 과감히 행동에 옮겼다. 대기업 회장의 성추행이 대서특필되면, 옆에서 아무리

게이니 뭐니 떠들어 봤자 찌라시 취급을 받게 될 것은 분명하니까.

"대충 답이 나왔네요."

"뭐?"

"그럼, 전 이만 나가서 보고부터……."

고모에게 모든 사실을 밝히려고 일어나려 했을 때였다. 아직 법전과 구두에 영향을 받고 있던 민호는 최 회장이 커밍아웃을 하든 말든 고모에게 이득이 될 만한 것은 전혀 없다는 사실을 깨달았다.

명확한 사실이 밝혀져 추행이 불기소로 끝나면, 실적은커녕 최 회장의 연줄에게서 견제를 받게 될 공산이 더 컸다.

고모에게도 손해. 최 회장에게도 손해인 결과.

'이럼 의미 없잖아?'

고모에게 이득이 되는 방향을 고민하던 민호는 최 회장에게 시선이 머물렀다. 피의자를 기소하기 위한 검사의 사고 과정과 법망을 피해 각종 술수를 벌여온 대기업 회장의 사고 과정. 그 속에서 서로 간에 취할 이득은 명확하게 드러났다.

"마지막으로 한 가지만 묻죠. 비밀이 밝혀지면 어느 정도 타격이 올 것이라 생각하세요?"

"자꾸 무슨 소릴 지껄이는지 모르겠군."

'내가 대답할 것 같냐?'라는 최 회장의 눈빛에 민호는 어쩔 수 없다는 듯 자리에서 일어났다. 증거품 박스에 구두를 도로 넣고 법전도 챙겼다.

"줄 건 주고 받을 건 받는다. 혹시 이게 평소 생활신조 아니신가요?"

민호는 밖으로 나가는 길에 최 회장의 옆으로 다가갔다. 그리고 다른 이에게 들리지 않을 만큼 작게 물었다.

"이 남자 구두. 첫사랑이었던 분의 물건 맞죠?"

양 주먹을 움켜쥐는 최 회장. 민호는 그 반응에 회심의 미소를 지은 채 목소리를 높였다.

"저는 이만 물러나겠습니다. 제가 조사한 결과는 부장검사님께 그대로 보고 드리죠."

민호가 비밀이 무엇인지 알고 있음이 분명해지자 최 회장은 안절부절못했다. 민호는 뒤도 돌아보지 않고 문으로 향했다. 문고리에 손을 대자 최 회장이 외쳤다.

"기다려!"

최 회장은 수사관을 향해 말했다.

"저 친구와 나. 딱 두 사람만 조용히 얘기할 수 있게 해줘."

민호는 거울 안쪽의 강윤정을 향해 괜찮을 거라는 눈짓을 해보였다.

10분 후.

강윤정은 민호가 가져온 결과물을 보고 입을 벌렸다.

"누, 누구의 비자금이라고?"

"홍진상 전 시장이요."

"민호야. 확실한 거야?"

5선 국회의원에 광역지방자치단체장까지 지내다 은퇴한 정계의 거물. 그의 비자금 수사를 종용하는 여론을 무마시키기 위해 최 회장이 나선 것이라는 민호의 말은 강윤정으로서는 놀랄 노 자였다.

"홍진상을 조사하려면 증거가 명백해야 해. 여론이 날뛰는데 대검에서 쉬쉬하는 건 조사해 봤자 나올 증거가 없기 때문이야. 확실한 패 없이 소환 조사하면 이쪽이 위험해져."

"증거는 걱정 마세요. 최 회장이 제시한 조건을 들어주면 비자금을 숨겨둔 창고를 알려주겠다고 했으니까. 홍진상의 지문뿐인 지폐가 널려 있는."

"조건?"

최 회장이 민호와의 단독 면담을 요청하며 녹음과 녹화를 중단했기에 강윤정은 제반 사정을 듣지 못했다. 단지 민호가 최 회장의 민감한 부분을 캐치해 압박해 내는 것까지만 목격했을 뿐이었다.

"홍진상을 조사하는 건 우연히 증거를 발견한 익명의 제보로 시작된 것으로 해달라고 하네요. 자신과 아무 관계없도록 마무리해 달라고."

그 정도는 당연히 들어줄 수 있는 조건이었으나 최 회장을 어떻게 구워삶은 건지는 강윤정으로서도 오리무중이었다.

"무슨 방법으로 최 회장이 술술 불게 만들었어? 약점이라도 잡은 거야?"

"고모의 센스랑 최 회장의 잔머리를 활용하다 보니 어떻게 됐어요. 큰 문제는 아니니까 절 믿고 더는 묻지 말아 주세요."

이렇게까지 말하자 강윤정은 고개를 끄덕이며 한발 물러섰다. 어쨌거나 얻어 낼 것은 훌륭히 얻어냈고, 지금은 최 회장보다 홍진상을 수사하는 데 전력을 다해야 할 상황이었다. 어쩌면 북부지검 전체가 들썩일 수도 있을 만한 사건으로 발전할 수도 있었다.

민호는 최 회장에게서 압수해 온 증거품 박스 위에 법전을 올렸다.

"참. 최 회장 성추행은 절차대로 기소하실 거죠?"

"글쎄. 최 회장이 정보 제공을 빌미로 협상해 오면 고려할 수 있어. 불기소 판정을 낼 만한 요소가 있거든."

"여비서의 증언에서 서로 짠 것 같은 부자연스러운 부분이 있는 거요?"

강윤정은 같은 포인트를 이해하고 대꾸하는 민호에게 "맞아"하며 웃었다.

"그렇다 해도 저는 기소해야 한다고 봐요. 미묘한 부분은 법정에서 판가름해 주겠죠. 게다가 홍진상도 최 회장이 예정대로 해줘야 방심하지 않겠어요?"

곰곰이 생각하던 강윤정이 고개를 끄덕였다.

"그건 그래. 오케이. 절차대로 가자."

민호는 속으로 안도했다. 그녀는 몰랐으나 강제로 커밍아웃 하게 될 상황에 놓이지 않는 조건으로 최 회장과 타협을 본 민호에게 기소는 매우 중요한 일이었다. 매스컴에서 떠들썩하게 때려 줘야 최 회장을 의심 중인 동업자와 자식들에게 할 말이 생긴다나 뭐라나.

아이러니 하지만 최 회장의 속내를 두루 경험한 민호는 어느 정도 이해해 줄 순 있었다. 체면과 명예의 기준이 범인과 전혀 다른 사람임에야 뭐.

최 회장은 정계의 연줄 하나를 잃었으나 비밀을 지켰고, 강윤정은 최 회장의 성추행 스캔들과 홍진상의 비자금 스캔들. 두 건의 큰 실적을 쌓았다.

기이한 상부상조의 진실은 민호만이 알고 있을 뿐.

"대충 마무리된 것 같은데 저 가 봐도 되죠?"

민호는 강윤정의 보좌관에게 빌렸던 양복 상의를 벗었다. 강윤정은 민호의 팔을 붙잡았다.

"잠깐만. 네가 보고 갈게 있어."

＊

　강윤정이 민호를 안내해 온 곳은 검찰청의 증거물 보관실이었다.

　"이곳이 왜요?"

　"일단 들어가 봐."

　민호는 보관실의 문을 열었다. 칸칸마다 가지런히 놓여 있는 몇몇 증거품들에서 애장품의 빛이 뿜어져 나오고 있었다.

　마약, 조직폭력, 살인, 사기, 방화⋯⋯.

　보통은 접해 볼 수 없는 죄목의 라벨이 붙어 있는 증거품들이었다. 일급 범죄자의 능력이 담긴 물건도 애장품이 될 수 있다는 사실을 실제로 확인하자 민호는 고모의 걱정이 괜한 기우가 아니었음을 깨달았다.

　'장소가 어두워서 그런가?'

　애장품과 같은 빛을 담고 있음에도 섬뜩한 집착이 담겨 있을지도 모른다 짐작되자 왠지 숨이 턱 막혀왔다. 보통의 애장품은 만지고 싶어 안달이 나는데 저것들 중에 어떤 물건은 전혀 그럴 기분이 들지 않았다.

　"네 아버지는 오늘 이걸 보고 가길 원하셨어. 뭔가 느껴지는 게 있어?"

　"보니까 알겠네요. 위험한 물건은 어찌어찌 피할 수 있을 것 같아요."

"구분이 가능해?"

"감이긴 하지만 그래요."

증거물 보관실을 나온 민호는 강윤정에게 고개를 숙여 인사했다.

"좋은 경험이었어요, 고모."

강윤정은 민호를 지긋이 바라보았다. 방금까지 최 회장을 손바닥에 두고 쥐락펴락했던 사람과 동일인이 맞는 건지 모를 정도로 순진하게 웃는 조카였다.

아버지 정균과 오빠 윤환은 자기만의 세계가 너무 확고해 민호도 그러면 어쩌나 하는 걱정뿐이었다. 그러나 민호를 실제로 보고나니 걱정은 기우에 불과했다고 판단됐다. 오늘 접한 조카의 물건 활용 능력에 기대감까지 일었다.

"민호, 넌 지식만 있으면 검사로서 상당히 유능해질 것 같아. 지금부터라도 로스쿨 들어가지 않을래? 내가 여러모로 백업해 줄 수 있어."

민호가 마음만 먹으면 대한민국에 전무후무한 검사가 되어 수많은 난제 사건을 해결할 수 있을 것이다.

고모의 진지한 제안에 민호는 머리를 긁적였다.

"고모의 법전이 있으면 공부는 어렵지 않을 것 같지만 지금 하는 일이 더 재미있어서요. 3년 뒤에 회사랑 계약 끝나면 한번 생각해 볼게요."

"부정은 안 하네."

"심문하고 추론하고 사건 해결하는 거. 의외로 재미있었거든요."

두 사람은 증거 보관실을 나와 후문 입구에 도착했다.

"오늘 고마웠어."

"뭘요. 그럼 저 가요~ 나중에 법전 또 만지러 와도 되죠?"

"물론이지. 언제든 와."

민호가 흥미만 생기면 무엇이든 하려 들 수 있다는 것에 강윤정은 또 하나의 사실을 깨달았다. 민호에 대한 이 같은 기대는 비단 법조계에만 해당되는 것이 아니리라는 것을.

의료, 구조대원, 전문 경영인, 요리사, 스포츠…… 어떤 전문가의 능력을 활용할 수 있느냐에 따라 민호의 가능성은 무궁무진하게 뻗어 있었다.

떠나는 민호의 등을 물끄러미 바라보던 강윤정은 조용히 중얼거렸다.

"욕심은 나지만 아직은 길을 열어 줘야 하는 게 맞겠지."

Object : 고시패스의 염원이 담긴 법전.

Effect : 현역 부장검사의 법률지식과 경험을 공유할 수 있다.

Object : 최 회장이 사랑했던 그 남자의 구두.

Effect : 능구렁이 회장의 산전수전 경험을 두루 활용할 수 있다.

20.
딥 다크 히스토리

검찰청을 나선 민호는 차에 앉자마자 곧장 아버지에게 전화를 걸었다.

달칵.

-오냐.

"미션 클리어했습니다."

-다른 문제는? 혹시 사식 넣어줘야 할 상황 생긴 거면 미리 말해라.

"에이, 저 못 믿으세요?"

-응.

단 1초의 망설임도 없는 대답에 민호는 발끈했으나 받을 것이 있었기에 웃음기를 잃지 않았다. 윤환이 한두 번 자신을 무시한 것도 아니고.

"깔끔하게 마무리 지었다고요. 근데 고모 법전이 애장품 인거 아셨어요?"

—당연하지. 아마도 국내에서 찾기 힘든 능력일 거다.

"왜요? 검사 숫자 꽤 되잖아요."

—너도 느꼈겠지만 대부분의 애장품은 주인의 직업과 맞 물릴 때 능력이 깃들 확률이 높아. 법전에 애정을 쏟는 검사 가 윤정이 외에 또 있을 가능성은 희박하지. 너 프로게이머 한다고 컴퓨터 애지중지하는 건 아니잖아.

"아끼는 마우스 브랜드는 있죠. 암튼 법률 관련된 문제는 고모가 짱인 거군요?"

과연 고모. 감탄하던 민호에게 윤환의 질문이 이어졌다.

—그래. 구분은 가능하디?

증거 보관실에 들어갔던 일을 묻는 것이리라.

"어떤 물건은 만져보고 싶은데 어떤 건 섬뜩하더라고요."

—더 활용하다 보면 확실히 알게 될 거야. 윤정이는 오해 하고 있어. 네 할아버지는 불량 애장품을 만져서 돌아가신 게 아니야.

"그럼요?"

—살다보면 차차 알게 될 거다.

다른 개념이 더 있다는 말일까? 지금 알 필요 없다는 윤환의 대꾸에 민호는 그러려니 했다. 동전을 넘겨받은 날에 오늘 같은 이야기를 들었다면 잘 이해하지 못했을 것이다.

　-이제 할 말 없지? 끊는다.

　"어허, 아버지!"

　어디서 그냥 넘어가시냐는 듯 민호가 목소리를 높였다.

　"내놓으셔야죠."

　-아아, 그거? 그래. 뭘 원하는데?

　"잠깐만요, 고민 좀 해봐야죠. 금고 들어가서 구경해도 되죠?"

　-미안하지만 거긴 나밖에 못 들어 가. 대충 용도를 말하면 맞는 걸 찾아주마.

　"대, 대충이요?"

　왕창 가진 자와 별것 없는 자의 차이는 컸다. 민호의 머릿속은 조급해졌다. 홀로그램으로 감상했었던 아버지의 입 떡 벌어지는 콜렉션들. 모두모두 갖고 싶지만 받을 수 있는 건 단 한 개!

　"큰 건 일상적으로 사용하지 못할 테고. 기왕 받는 거면 다방면에서 유용하게 쓸 수 있는 것이면 좋겠어요."

　-작고 야무진 놈이면 적당한 게 있긴 한데. 네가 잘 다룰 수 있을지는 모르겠네.

　"뭔데요?"

-감정가 7억짜리 백금반지.

"반지야 끼면 그만이지 뭘 다뤄요?"

-그래? 자신 있으면 퀵으로 보내 주마.

"능력이 뭔데요?"

-남의 말 같은 걸 잘 듣게 돼. 귀가 밝아진다고 해야 하나?

"에엥? 별론데요? 적어도 회중시계만큼은 돼야죠."

-한 번 들으면 절대 잊어버리지 않는데도?

"절대라니요?"

-반지를 끼고 있는 동안에는 아무리 복잡한 이야기를 들어도 전부 기억할 수 있어. 모르는 언어로 말해도 말이지. 네가 중얼거려 그게 귀에 들려도 무방하고.

민호의 귀가 번쩍 뜨였다.

-유럽 갔을 때 암시장에서 구한 건데 꽤 유능했던 첩보요원이 사용한 거다. 반지 윗부분에 나노칼날이 박혀 있었는데 그건 빼버렸어.

"오호!"

첩보요원이라는 말이 민호의 구미를 당겼다. 게다가 이 능력은 대본이다 뭐다 외울 것 천지인 방송 활동에 잇(It) 아이템이 될 수 있음이 당연했다.

"근데 기억만 하는 거면 제가 못 다룰 이유가 없잖아요?"

-1분.

"네?"

─1분 동안 들은 것만 기억나고, 그 이상은 시간이 좀 지나야 가능해. 1분 기억했으면 10분 정도는 쉬어야 할 거다.

"다른 주의점은 없는 거죠?

─별로 중요한 건 아닌데 아무래도 기관에서 전문 훈련을 받은 주인의 물건이다 보니 가끔 그 뻘이 나올 때가 있어.

"그 뻘이요?"

─쓰다 보면 알 거야.

다음 날.

"좋은 아침이에요, 공 매니저님."

공 매니저는 밴에 오른 민호에게 시선을 돌렸다. 한 주의 스케줄이 시작되는 이른 아침, 민호의 얼굴은 무척 밝았다.

"어서 오세요. 오늘 기분이 좋아 보이십니다."

"그럼요! 시완이도 안녕."

"안녕하셨어요, 민호 형.

뒷좌석의 김 코디가 고개를 꾸벅 숙였다.

민호는 씩 웃으며 자리에 앉았다. 그리고 막 배달되어 온 박스를 무릎에 올렸다. 김 코디가 호기심 어린 눈으로 그것을 바라보았다.

"뭐 사셨나 봐요?"

"가족 알바 좀 해서 얻었지."

"알바요?"

공 매니저도 궁금한 눈길로 막 포장의 박스를 뜯어 물건을 꺼내는 민호의 손끝을 향했다.

"짜잔!"

은빛 광택의 반지가 민호의 손에 오르자 공 매니저와 김 코디의 관심은 단번에 시들해졌다. 액세서리야 연예인에겐 흔해빠진 일상품이었기 때문이다.

밴에 시동이 걸렸다.

김 코디는 마냥 즐거워하고 있는 민호에게 물었다.

"형. 반지랑 목걸이도 협찬사 찾아볼까요?"

"아냐, 됐어. 난 이거면 충분해."

민호는 잔뜩 기대감을 안은 채로 반지를 살폈다. 칼날이 박혀 있던 부근은 아버지의 말대로 뭉툭하게 다듬어져 있었다. 오래된 물건이라 그런지 여기저기 흠집이 가 있었으나 사연이 담겨 있는 것만 같아 되레 고풍스러운 매력이 느껴졌다.

'사용해 볼까?'

약지는 헐렁했고 검지에 딱 들어맞았다. 뭐 읽을 거 없나 찾던 민호는 서은하와 대화하기 위해 봤었던 시사 잡지가 의

자에 굴러다니는 것을 보고 손에 쥐었다.

한쪽 면을 열고 빠르게 중얼거리며 읽어 나갔다.

"최근 중국의 경기 불안이 실물경제까지 전이되는 것 아니냐는 우려가……."

지면을 꽉꽉 채워 놓은 글자를 모두 읽어버린 민호는 잡지를 덮었다. 김 시완이 궁금하다는 눈초리로 민호에게 물었다.

"뭘 그리 열심히 보세요?"

"시사칼럼. 중국 제조업 PMI가 기대보다 좋지 않은 성적인가 봐."

한 페이지의 칼럼에 대해 일목요연하게 정리해 줘 말해주는 민호에 운전 중이던 공 매니저가 백미러로 흘끗 시선을 던졌다.

"민호 씨. PMI가 뭐죠?"

"구매관리지수요. 기업의 구매 담당자를 대상으로 서비스나 생산 재고를…… 아. 너무 아는 척하죠, 저?"

"전혀요. 저희끼리 있는데 아는 척 많이 하셔도 됩니다."

공 매니저는 슬쩍 웃은 뒤 다시 운전에 집중했다. 열심히 공부한다는 것은 스마트해진다는 것이고 그렇게 되면 대중에게 더욱 세련된 이미지를 어필할 수 있을 터였다. 그랬기에 매니저로서 해줘야 할 것들을 더욱 고민해 보는 공 매니저였다.

"이거 민호 씨 수준 따라가기 위해서라도 저도 공부 좀 해야 할 것 같습니다. 하하!"

"저는 아직 일 배울 게 많아서요."

김 코디는 손사래를 쳤다.

민호는 머릿속에 새록새록 떠오르는 시사 잡지의 칼럼 내용에 대만족했다. 아버지에게 건네받은 유품은 확실히 그 능력이 탁월했다.

'이거라면 암기가 필요한 일은 확실히 해낼 수 있겠어.'

남들은 10분 동안 외워도 잘 안 될 공부를 1분에 뚝딱 해치우고 나머지는 시간은 쉴 수 있으니까.

신호에 정차하자 공 매니저가 조수석에 놓아둔 서류 봉투를 내밀었다.

"이번 주 스케줄 표 뽑아 놨습니다. 서은하 씨의 토크쇼는 어찌 하기로 하셨나요?"

"나가야죠."

"주말 스케줄에 추가해 놓겠습니다."

민호는 스케줄 표를 꺼내 들었다. 케이블 방송에 잡지 인터뷰에 라디오까지, 지난주보다 명백히 빽빽했다.

"어째 일거리가 많네요."

"행복한 일이죠."

공 매니저는 향후 스케줄에 대한 설명을 이어 나갔다.

"'더 스마트'첫방 나가게 되면 좀 더 타이트해질 겁니다."

"첫방은 정해졌나요?"

"파일럿 성격으로 금요일에 방영 예정입니다. 자체 모니터 테스트에서 반응이 좋아 다음 주부터 본격적인 촬영에 돌입한다고 들었습니다. 월요일에 촬영, 금요일 방영 순으로요."

이번 주말에는 1회전 인기투표의 결과가 나온다는 말이었다.

"현재 남은 요일에 고정을 띌 만한 프로그램을 알아보는 중입니다. 인지도가 높아진 만큼 공중파 예능도 꿈이 아닐 테죠. 입질 오는 곳도 있고요."

'더 스마트'를 찍는 NTV도 케이블 중에서는 상위권이지만 공중파는 급이 달랐다. 인기 프로에서 활약하는 연예인을 담당해 보는 건 공 매니저의 오래된 꿈이기도 했다.

민호는 어제의 경험을 떠올리고 말했다.

"전 뭘 배울 수 있는 프로그램이라면 언제든 도전해 볼 의향이 있어요."

전문 직종의 사람들을 구경할 수 있는 기회가 많을수록 고모의 법전 같은 물건을 만져볼 기회도 많을 것이다.

"그 역시 스마트한 이미지에는 딱이겠습니다. 한번 알아보죠."

공 매니저는 기대감이 어려 있는 표정이었다. 앞으로의 일정에 대한 대화를 나누는 동안 밴은 KG 사옥 앞에 도착했다.

민호는 스케줄 표를 다시 들여다보았다. 오늘의 주 일정은 라디오와 오퍼가 들어온 광고 검토를 위한 회의였다.

띠링.

문자 하나가 와 휴대폰을 확인한 민호는 공 매니저에게 물었다.

"공 매니저님. 10시 전까지는 여유 있는 거죠?"

간만에 들린 KG 사옥의 2층 휴게실.

민호는 탁자를 둘러 보다 노트북 하나를 앞에 두고 끙끙대고 있는 한 사람을 발견했다.

"소라야."

오소라는 이어폰을 착용한 상태였기에 듣지 못한 듯 화면에 열중했다.

'웬일로 풀 메이크업이 아니네?'

엷은 화장만 한 채 앉아 있었기에 강렬한 인상이 한결 순수해 보였다. 몸매가 몸매다 보니 연예인 포스를 뽐내는 건 마찬가지였으나 수수한 꾸밈새의 오소라를 보는 건 흔치 않는 일이었기에 저절로 눈길이 머물렀다.

민호는 조용히 다가서다 노트북 화면 속에서 벌어지는 참사를 목격했다.

"부셔부셔!"

오소라가 열중하고 있는 건 펜타스톰 인공지능 대전이었다. 그녀는 생물군단의 유닛이 하나 튀어나오기 무섭게 곧장 적 진영으로 돌진해 버리는 과격한 러쉬를 감행 중이었다.

"아이, 또 실패야?"

보통은 유닛을 생산하면 좀 모아뒀다가 한꺼번에 가게 마련인데 오소라에겐 전혀 그런 것이 없었다.

일렬로 줄줄이.

민호는 초보 중에서도 생초보의 플레이에 그도 모르게 눈살을 찌푸렸다. 어깨를 톡톡 두드리자 오소라가 고개를 돌렸다.

"민호 오빠!"

오소라는 이어폰을 빼고 말했다.

"고마워요, 바로 와줘서."

"듣고 놀라서 말이야. 펜타스톰 이벤트전을 한다고?"

"광안리 결승 무대에 초대가수로 가거든요."

결승전에 아이돌 초청해 노래를 듣는 건 연례행사이기도 했다.

"여름 결승에는 최고만 부르는데. 펑키라인 많이 컸네."

"에헴!"

그사이 오소라의 진영에 인공지능의 공격이 들어왔다.

"어마."

초토화되어 가는 본진을 보던 그녀가 "우씨!"하며 마우스를 거칠게 내려놓았다.

민호는 나직이 한숨을 쉬었다.

"이벤트전이면 관객들 즐거워하라고 하는 건데 져도 되는 거잖아. 지금처럼 기상천외한 전략을 시도해서 관객들 만족시켜 주면 돼."

"안 돼요."

오소라는 단호히 말했다.

"정효림, 고 얌체가 상대란 말이죠."

"아……."

펑키라인의 라이벌 에이크릿의 리더이자 오소라 가장 지기 싫어하는 현역 아이돌. 민호는 그제야 이해했다.

"너나 효림 씨나 실력 거기서 거기 아니야?"

"효림이 개가 저보다 게임은 잘한단 말이죠. 얼짱캠으로 데뷔하기 전에 PC방 많이 다녔거든요. 부탁해요, 오빠. 한턱 쏠게요."

"음……."

민호는 패배라는 글자가 떠오른 화면을 바라보았다. 하나부터 열까지 새롭게 배워도 모자랄 실력. 준프로급의 연습생과 대전해도 지적할 것들이 넘쳐나는 마당에 방금 오소라의 플레이는 살짝 견식했을 뿐임에도 암이 유발될 수준이었다.

"제발요!"

오소라가 양손을 모은 채 간절한 표정을 지었다. 덕분에 가슴까지 모아져 출렁하는 것을 마주한 민호는 움찔 놀랐다.

"오빠가 전에 게임은 언제든 가르쳐 줄 수 있다고 했잖아요!"

에어컨조차 후덥지근한 더위를 식히기엔 못 미더운 8월 초의 날씨에 티셔츠 한 장 달랑 걸친 오소라의 몸매는 더욱 두드러졌다.

'지저스.'

저런 몸매와 이런 계절을 동시에 내려주신 신께 감사할 따름이었다.

"누가 안 가르쳐 준데? 시간이 애매해서 그렇지. 유용한 팁 몇 개 정도 알려줄 여유는 있어."

민호는 흑심 때문에 도와주는 게 절대 아니라고 스스로 되뇌었다.

"앉아봐."

"네!"

인공지능과의 대전이 다시 시작됐다.

"자원 남기면 안 되지. 정찰은 빠를수록 좋아."

"네, 오빠……."

"성질 급하게 쳐들어가지 말고 모아. 상대 기지에 포탑이 있잖아!"

"네……."

"멍충아! 침착하라고 침착!"

달칵!

오소라가 찌릿한 시선을 보냈다가 화면으로 고개를 돌리며 거칠게 마우스를 클릭했다.

민호는 헛기침을 했다. 현재 그는 답답해서 자신이 플레이하고 싶을 만큼 느릿한 반응에 호흡이 곤란해질 지경이었다.

운전 좀 가르쳐 달라는 와이프를 데리고 도로연수를 다녀온 뒤 부부싸움까지 치렀다던 송 감독님의 이야기가 왠지 이해가 가는 순간이었다.

싸울 게 아니라 방법을 찾는 게 우선이라는 생각에 민호는 묘안을 꺼내 들었다.

"이대로라면 진전이 없을 것 같아. 그냥 소라 네 스타일대로 화끈한 한방 전략을 갈고 닦자. 하나만 쭉 파는 게 단기간에 실력 올리기에 좋거든."

"한방 전략이요?"

"목동군단이라고 갑각충이랑 대갑충 개 떼로 만들어서 쳐들어가는 걸 좋아하는 선수가 있어."

계속해서 게임 설명을 하다 보니 민호는 오소라의 몸매를 감상하겠다는 흑심을 저 멀리로 날려 보내고 집중하게 됐다. 그러다 보니 10시가 훌쩍 다가왔다.

"일단 연습해 봐. 스케줄 갔다 와서 한 번 더 봐줄게."

"저도 좀 이따 안무 연습 가야 해요. 끝나고 계속해 봐야지~ 이번에는 효림이 고것 콧대를 꽉 눌러 줄 거예요."

오소라는 펜타스톰을 종료시키며 방긋 웃었다.

"기다려 봐요, 그냥 보낼 수는 없죠. 음료 뭐로 드실래요?"

"난 시원한 커피."

그녀가 쪼르르 매점으로 달려갔다.

민호는 송 감독님과 같은 결과가 나오지 않았다는 것에 일단 만족했다. 오소라가 커피를 주문하는 사이 할 일이 없어 모니터에 시선을 두고 있던 민호는 '앨범'이라는 폴더에 눈이 머물렀다.

컴퓨터를 달고 사는 입장에서 궁금한 폴더가 있으면 무심코 클릭해 보게 마련.

민호는 폴더에 들어갔다가 오소라가 저장해 둔 앨범 중에서 유독 눈에 띄는 한 장에 시선이 머물렀다.

"이런 시절도 있었네."

쌍꺼풀이 전혀 없는 눈으로 해맑게 웃고 있는 여고생을 본 민호는 흐뭇한 미소를 지었다. 아이돌이면 대개 과거 사진과 전혀 다른 얼굴일 경우가 많은데 오소라는 그냥 저 얼굴에서 쭉 자라온 것 같았다.

"야아아!"

음료를 들고 온 오소라가 노트북을 탕! 닫았다. 그녀는 부끄러운 것을 들킨 것처럼 얼굴이 잔뜩 붉어진 상태였다.

민호는 그것이 귀여워 웃었다.

"왜? 참하구만."

"화장 안 했잖아요. 살도 쪘고."

"모르겠는데?"

"됐네요! 오빠도 오빠 고딩 때 사진 보면 깜짝 놀랄걸요?"

오소라는 커피를 내밀고 노트북을 가슴에 안았다. 턱을 긁적이던 민호는 커피를 받아 들며 말했다.

"그리 밝히고 싶지 않은 시절이면 좀 숨겨놔. 내가 폴더 숨기는 거 가르쳐 줄게."

"그 정도는 아니지만…… 암튼 지금 본 거 기억에서 지워요."

레드 썬! 하며 주먹을 들어 보이는 오소라.

누군가의 추억은 누군가에게는 두고두고 떠올릴 웃음 포인트가 되게 마련. 민호는 이해하고 고개를 끄덕였다.

"오빠도 흑역사 같은 거 있죠?"

"나야 게임만 했지."

"피, 거짓말."

민호는 커피를 들어 보이고 손을 흔들었다.

"잘 마실게. 저녁때 봐."

오소라는 떠나는 민호를 바라보다 휴대폰을 쥐고 곧장 검색에 들어갔다.

공용 사무실에 앉아 있던 민호는 출연할 라디오의 대본을 받아 들자마자 방송 제목을 확인했다.

장동묵과 두 시!

'동묵이 형이면.'

민호는 '더 스마트'1회전 당시 시종일관 유쾌하게 게임을 즐기던 개그맨을 떠올렸다. 스펙 빵빵한 사람들 틈에서 전혀 기죽지 않고 자신감 있게 플레이하는 것에 그도 호감이 갔었다.

"진행자 분이 민호 씨를 꼭 집어서 섭외 요청했답니다."

"저를 부른 거면 '더 스마트'랑 관련이 있나 보죠?"

공 매니저는 고개를 흔들었다.

"공중파 라디오 성향상 케이블 프로 광고를 위해 섭외하진 않았을 겁니다. 아마도 장동묵 씨 개인적인 친분으로 요청했을 공산이 큽니다."

대본을 빠르게 훑어본 민호는 부담 없이 덮어 두었다. 평
소라면 숙지하는 데 한참을 보냈을 테지만 지금은 가는 길에
반지의 힘을 통해 살짝만 읽어도 충분했으니까.

"사연 읽어주고 토크하는 간단한 구성이네요."

"장동묵 씨의 캐릭터로 재미를 주는 프로죠. 아, 작가 분
께서 혹시 민호 씨도 사연 하나 있으면 적어 달라고 하셨습
니다."

"사연이요?"

"이 코너 반응이 좋아 요즘 청취율이 배로 뛰었다고 합
니다."

공 매니저가 제작진에게 온 메일을 출력한 문서를 건네주
었다.

민호는 '이불킥! 팡팡!'이란 코너 제목을 보자마자 오소라
의 여고생 시절 사진이 저절로 떠올라 미소 지었다. 문서에
는 코너에 대한 제작진의 간략한 설명이 적혀 있었다.

-하루의 일과를 끝마치고 잠자리에 들 시간. 그날 있었던 일들을
되새기거나 과거의 자신을 다시 떠올릴 때가 있습니다. 일을 겪을
당시에는 경황이 없어 충분히 느끼지 못했던 쪽팔림, 당혹스러움, 민
망한 경험들. 저희 '장동묵과 두 시!'에서는 시청자 여러분이 자다가

이불을 걷어찰 사연을 '알흠답게' 포장해 드립니다.

"저는 딱히 없어요."

내일은 뭐 할지만 생각하며 살아온 요즘은 과거의 일을 떠올리며 민망해해 본 적이 없던 것 같았다. 정말 게임만 하며 보낸 청소년 시절이었기에.

"여유가 없을 때는 다들 실수 한 가지씩은 하는 법이죠."

공 매니저는 창밖을 내다보며 얼마 전에 겪은 웃지 못할 이야기를 꺼냈다.

"우리 수아 한창 칭얼거릴 때는 제가 낮밤이 따로 없었거든요. 수아 때문에 꼬박 밤새고 다음 날 회사 출근해서 드라마부서 실장님이랑 미팅을 무사히 마쳤죠. 그리고 점심시간 돼서 제가, '지 실장님, 그럼 맘마 하러 가실까요?'라고 말했습니다. 부서 사람 다 있는 곳에서요."

"푸흡."

민호는 어색했을 상황이 선하게 그려져 참지 못하고 웃음을 터뜨렸다. 공 매니저는 씁쓸해했으나 괜찮다는 듯 애써 담담한 표정을 지었다.

"민호 씨, 그런 데 정말 없으세요?"

"전혀요."

민호는 간단한 준비 미팅과 메이크업을 끝내고 KG 사옥을 출발했다. 30여 분을 달린 끝에 방송국 송출탑이 보이는 도로에 접어들었다.

뒷좌석의 김 코디가 물었다.

"옷은 어떤 스타일로 할까요?"

"첫째도 단정, 둘째도 단정! 보이는 라디오는 아니지만 KBC는 튀지 않게 입는 걸 좋아하거든."

공 매니저의 대답에 고민하던 김 코디는 하늘빛으로 물든 스프라이트 셔츠와 흰 바지 한 벌을 골라 좌석 손잡이에 올려 두었다.

"여기요, 민호 형. 날씨 좋으니 밝은 색상으로 가요. 이게 지금 차고 계신 반지랑도 어울려 보여요."

라디오 진행순서와 대본을 숙지에 집중하고 있던 민호는 고개를 끄덕이며 입고 있던 옷을 벗기 시작했다. 시선은 대본에 고정한 채 왼손으로 주섬주섬 옷을 챙겨 들더니 무척 능숙하게 갈아입기를 끝냈다. 거기다 벗어 놓은 옷을 왼손만으로 착착 개어 올려 두었다.

"제가 하면 되는데. 감사해요."

김 코디는 정리된 옷을 받아 들며 인사했다.

"응? 뭐가?"

민호는 김 코디에게 흘끗 시선을 돌렸다가 다시 대본으로 향했다. 뭐에 집중하면 잘 돌아보지 않는 성격이라고는 들었으나 집중하지 않는 것에까지 이 정도로 깔끔할 줄이야.

감탄하던 김 코디에게 민호가 지나가듯 중얼거렸다.

"단추에 실밥 나왔다."

"네?"

김 코디는 자신이 골라준 옷을 얘기하는 줄 알고 민호의 상의를 살펴보았으나 저건 단추가 없는 모델이었다.

"어디에……?"

김 코디 의문 섞인 시선은 민호의 옷이 아닌 자신의 옷을 향했다. 꼼꼼히 살피던 김 코디는 남방의 허리 부근에 아주 작게 튀어나온 실밥을 발견했다. 언뜻 보면 발견하기 어려운 아주 미세한 실 부스러기.

"……."

오래 살핀 것도 아니건만. 경악스러운 관찰력에 김 코디는 팔에 살짝 소름까지 돋아났다. 민호 형은 숨겨진 능력의 한계를 측정할 수 없다던 공 매니저의 말이 소속 연예인을 띄우기 위한 것만은 아니었음을 이제 조금 알 것 같았다.

"다 왔습니다."

공 매니저가 주차장으로 밴을 몰아 들어갔다.

민호는 차의 속도가 느려지는 것이 느껴져 주위를 둘러보았다. 의식한 것은 아니었으나 그도 모르게 입구의 구조를 한번 살피고 밖으로 나갈 수 있는 최단거리를 계산한 뒤 대본 쪽으로 고개를 숙였다.

'응?'

자신의 옷이 변해 있는 것을 깨달은 민호는 고개를 갸웃했다.

'언제 갈아입은 거지?'

밴이 멈추자 머리를 긁적이며 내린 민호. 엘리베이터로 향하면서도 그의 의아한 표정은 지워지지 않았다. 게다가 김 코디는 왜 저렇게 초롱초롱한 눈길로 자신을 바싹 따라오고 있는지 의문이었다.

스튜디오의 문을 열고 들어선 민호는 라디오 부스 밖에서 스태프들과 잡담 중인 장동묵을 발견했다.

"동묵이 형."

"어이구, 우리 민호!"

민호는 장동묵에게 다가가며 함께 앉은 스태프들에게 인사했다.

"형이 저 강력 추천하셨다면서요?"

"구럼. 내가 꽂아 주자고 입 좀 놀렸지. 여기 백 작가가 꽃미남에 환장하는데 네 사진 보더니 좋~ 다고 헤헤. 나 이 방송 시작할 때도 똑같이 웃더니만."

"제가 언제요?"

장동묵은 허세 가득한 표정으로 민호의 옆에 섰다.

"닮았잖아."

키가 머리 하나는 작은 것이 바로 드러났음에도 대놓고 뻔
뻔한 표정을 짓자 같이 앉아 있던 백소연 작가는 혀를 찼다.

"강민호 씨. 동묵 오빠 말은 아주 오해예요. 저희 다 울고
불고 난리……."

"됐어! 민호랑 얘기 좀 할 거니까 비켜비켜!"

장동묵이 얼른 백 작가와 스태프들을 옆으로 쫓아냈다. 민
호는 스태프 모두의 얼굴에 웃음기가 가득했기에 말은 저리
해도 사이가 좋다고 느껴졌다.

"섭외 고마워요, 형."

공중파 라디오 방송 중에서도 청취율 상위권인 프로에 손
쉽게 출연하게 된 것만으로도 감사해야 할 일이었기에 민호
는 고개를 숙였다.

"공짜 아닌 거 알지?"

장동묵은 민호의 어깨에 손을 둘렀다. 민호는 왠지 그럴
것 같았기에 조심스레 물었다.

"여기서 '더 스마트' 얘기해도 돼요?"

"무슨! 그것 때문 아니야. 거긴 너나 나나 라이벌인데 뭘
챙겨줘."

장동묵은 고개를 휘휘 저었다. '그럼요?'하는 민호의 눈길에 장동묵은 눈웃음을 지으며 속닥였다.

"우리 피방 와서 펜타스톰 한 판만 해줘."

"네?"

"너 성무 아나? 부엉이 흉내 내는 것밖에 못 하는 개그맨인데, 너랑 잘 안다니까 이 자식이 안 믿잖아. 꼴에 펜타스톰 나보다 잘한다고 깝죽거리기까지 해."

　민호는 황당하면서도 장동묵다운 이유라는 생각에 웃고 말았다.

"그리고 피방에 프로게이머 하겠다는 애들 엄청 많은데 그중에 진짜 잘하는 애 있어. 너 올 때 한 번만 봐줘."

　이 정도야 게임 연습을 달고 사는 민호로서는 충분히 가능한 범위였다. 숙소가 아니라 PC방에서 연습할 때도 잦으니까.

"시간 나면 들를게요."

"좋았어!"

　민호의 뒤를 이어 들어왔던 공 매니저는 준비해 온 건강 음료수를 스태프들에게 일일이 나눠주며 다가왔다.

"장동묵 씨도 잘 부탁드립니다."

"오, 땡큐요! 민호 매니저님은 A급이네, A급. 우리 매니저는 어디 처박혀 있는지 전화도 안 받는데. 이거는 잘라 버리든지 해야지."

당황할 법한 장동묵의 툴툴거림에도 공 매니저는 담담히 말했다.

"민호 씨가 스마트하다 보니 따라가게 되더군요."

"캬, 그렇게 정리를 하나."

자나 깨나 소속 연예인 어필이 먼저인 공 매니저에 장동묵은 엄지를 들어 올려 보였다.

잠시 후.

작가 셋과 민호, 장동묵이 테이블에 앉아 코너 구성과 대본에 대한 이야기를 시작했다.

김 코디는 공 매니저와 뒤쪽의 대기석에 앉아 있었다. 익숙한 공 매니저와는 달리 라디오 부스 자체가 처음인 그는 약간 긴장해 있던 상태였다. 스태프들이 바쁘게 돌아다니고, 음향 시스템 정비다 뭐다 정신이 없다 보니 의도한 건 아니지만, 배까지 살살 아파졌다.

"매니저님."

"응?"

"화장실 좀 다녀올게요. 어디에 있죠?"

"복도 끝 쪽에 있던가?"

작가진의 이야기를 듣고 있던 민호가 고개를 돌렸다.

"나가서 9시 방향. 30걸음이면 도착할 거야."

"아…… 감사해요."

김 코디가 고개를 꾸벅 숙이고 스튜디오 밖으로 나갔다.

'응?'

이렇게 대꾸한 민호는 멈칫하고 말았다.

'9시 방향? 그냥 나가서 왼쪽으로 가라고 하면 되는걸.'

민호는 아직 군대식 사고가 사라지지 않았나 하며 속으로 웃었다. 그러다 백 작가의 말을 기억하기 위해 만지작거리고 있던 반지에 시선이 머물렀다.

그늘에서 은밀히 활동하던 첩보요원의 유품.

'헐.'

민호는 로비에서 목격한 건물 안내도가 무척 선명하게 떠올라 놀라고 말았다. 의식하지 못한 사이 강제로 주입된 정보였다.

방송국 경비원의 숫자, 돌발 상황이 벌어졌을 시 탈출 루트가 차례대로 머릿속을 스쳤다. 김 코디의 발 길이를 고려해 여기서 화장실까지 정확히 30걸음이란 사실을 대수롭지 않게 계산한 것도 동선 파악의 일환이었다.

'삘이란 게 이런 거였어?'

탁자 반대편에서 지루하다는 표정으로 볼펜을 돌리고 있던 장동묵이 백 작가에게 말했다.

"어휴, 민호도 다 알아. 공중파라 말조심해야 하는 거. 설마 나보다 욕 잘할까."

장동묵은 이렇게 말하며 하품을 하다 볼펜을 놓쳤다. 그것을 붙잡기 위해 손을 올렸으나 잡지 못하고 도리어 볼펜을 멀리 쳐내고 말았다.

쌩하니 민호의 얼굴 쪽으로 날아가는 볼펜.

"어어."

장동묵이 당황한 그 순간, 생각에 잠겨 있던 민호가 손을 들어 탁! 하고 볼펜을 낚아챘다. 곧바로 볼펜을 핑그르르 돌려 촉이 아래를 향하게 쥐고, 달칵하고 뒷부분을 눌러 촉이 나오게 만들었다.

보고 있던 장동묵의 눈이 휘둥그레졌다.

"와, 민호 너 반사신경 끝내준다."

"아……."

민호는 본능적으로 볼펜을 무기로 활용할 준비를 끝마쳐놓은 자신의 손을 바라보았다.

잘 다룰 수 있을지 모르겠다더니.

'요원의 삘'이라는 것은 어쩌면 요원의 삶과 어우러진 본성을 말하는 것일 수도 있겠다 싶었다. 민호는 멋쩍게 웃으며 테이블 아래로 손을 내려 반지를 뺐다.

'조심해야겠어.'

딥 다크 히스토리 283

냉전 시대에나 유용했을 경험. 요즘처럼 누굴 치면 치료비 걱정부터 해야 하는 시대와는 절대 어울리지 않는 삘이었다.

✸

[ON-AIR]의 불빛이 들어왔다.

"안녕하세요! 2시의 장동묵! 오늘은 핫한 방송인! 핫한 게 이머와 함께합니다. 누굴까~요?"

장동묵은 원고를 대충 테이블에 올려놓고 민호에게 눈짓했다. 대본상에서는 장동묵의 오프닝 멘트만 이어지는 것으로 되어 있으나 시작부터 애드리브와 함께였다.

민호는 당황하지 않고 자연스러운 톤으로 되물었다.

"그러게요, 누구죠?"

"너잖아, 너."

씨익 웃은 장동묵이 멘트를 이어나갔다.

"여러분. 강민호라는 이름 얼른 검색창에 쳐 보세요. 오늘 한번 달려 보는 겁니다. 실시간! 검색어! 실시간! 검색어!"

"그런다고 올라요?"

"아마도?"

장동묵은 시청자 의견이 올라오는 모니터를 흘끔 살폈다.

"7877님.. '민호 씨 불쌍. 왜 이런 데 나와서 이미지 망쳐'

뭐라는 거야! 내 이미지 망가지지 민호 이미지가 망가지겠어? 6599님. '프로게이머 강민호? 우와, 나 펜타스톰 잘하는데'누구 앞에서 주름을 잡아. 전적 까 보세요."

민호는 정신없이 말을 이어나가는 장동묵을 보며 오후 2시에 이 방송을 듣는 사람들은 졸음이 확 깨겠다는 생각이 들었다.

"실시간 사연 받습니다. 민호야, 오늘 주제가 뭐야?"

"이불킥 팡팡이요."

"들으셨죠? 청취자 여러분, 부끄러워 마세요. 한번 웃고 넘어갈 때가 좋은 거랍니다. 사실 이불킥할 사연은 본인만 신경 쓰지 엮인 사람들은 심각하게 생각 안 해요. 막상 말 꺼내면 간신히 기억해 내거든요."

이제야 대본대로 돌아왔다. 민호는 자신이 해야 할 말을 떠올리고 적절한 타이밍에 치고 들어갔다.

"동묵이 형."

"응?"

"형 과거도 그렇게 믿고 싶은 거죠?"

"야!"

장동묵은 입은 성질을 부리나 좋았다고 엄지를 들어 올렸다.

"첫 곡 듣고 가겠습니다. 데뷔하기도 전에 음원을 발표해 깜짝 1위에 오른 신인 윤이설의 반짝반짝. 반짝이는 별~"

모니터에 [4:32초]라는 대기시간이 떠올랐다. 민호는 윤이 설이 1위라는 말에 놀랐다.

스피커에서 잔잔한 기타 전주가 흘러나왔다.

"좋은데? 이 가수 목소리 예쁘다."

장동묵은 윤이설의 부드러운 목소리에 리듬을 타며 말 했다.

"이거 다른 라디오에서도 엄청 틀어 재끼겠어."

"그래요?"

"DJ하다 보니 이런 건 감이 좀 오거든. 롱런할 목소리야. 얼굴 예쁘면 대박 날 테고."

민호는 윤이설을 아는 척해 이제 데뷔할 신인에게 괜한 소 문을 나게 할 필요는 없다는 생각에 고개만 끄덕였다.

'나중에 축하 전화라도 해줘야지.'

노래가 끝나고 라디오의 진행은 물 흐르듯 이어졌다.

장동묵의 애드리브도 익숙해지니 대본을 철저하게 기억하 고 있던 민호에게 큰 문젯거리가 되진 않았다. 그렇게 1시간 여를 진행하며 사연 설명이 무르익었을 무렵이었다.

회식 자리에서 술을 진탕 먹고 직장 상사 앞에서 나체춤을 춘 남자의 사연을 읽던 중에 게시판에 의견 하나가 올라왔다.

"……그래서 과장님이 저만 보면 스트립 킴 대리라고 불러 요. 푸하하. 스트립 킴. 아, 죄송해요. 그럴 수 있죠. 회식 자리 즐거워지고. 과장님에게 예쁨 받았겠어요."

앞선 사연 설명 중이던 장동묵은 모니터를 통해 그것을 읽고 민호에게 가리켜 보였다.

[저 울 민호 오빠가 이불킥 할 만한 거 아는데.]

민호는 이야기를 읽어 내려가다 안색이 변했다.

[KG피닉스 팬미팅 때 갔었거든요. 선수분들이랑 저희랑 게임을 하면서 춤을 추는 시간이 있었는데, 다들 제대로 못 추고 머뭇거리니까 민호 오빠가 분위기를 띄우기 위해 나오셨어요. 그리고…….]

이어진 영상 주소 링크는 4년 전 한 커뮤니티 사이트에서 수일간 화제 1위를 차지했었던 막춤 동영상이었다.

팔다리를 휘저으며 범인은 따라 하지 못할 박자로 리듬을 타는 갓 스무 살 민호의 앳된 모습.

지금은 사라진 게임 채널에서 짧게 방영된 영상이라 화질이 조악했으나 어떤 배경음악을 붙여도 어울린 탓에 수많은 패러디 영상이 나오기도 했었다.

부스 너머의 백 작가가 방송에 사연 내보내도 되느냐고 민호의 의사를 물어왔다.

"그, 그게……."

사연이 끝나고 광고가 나가는 사이 장동묵도 동영상을 확인했다.

"와하하! 민호야, 이거 짱 웃겨! 마지막 사연은 이걸로 가자. 괜찮지?"

민호는 일단 마음의 준비를 끝마쳤다. 동영상이 남은 이상 나중에라도 알려졌을 것은 당연한 일이고, 기왕 올라온 것 정면 돌파가 낫겠다 싶었다.

이 기회에 그때 당시의 상황을 제대로 설명해 정리해 놓는 것이 차라리 덜 피곤할 것이다.

'피해갈 방법은 있어.'

1시간 넘게 사연을 듣다보니 이불킥할 상황에서는 이불킥 하는 표정을 짓지 않는 것이 그나마 본전은 하는 것임을 깨달았다. 철없던 그 시절을 추억쯤으로 포장하면 더 좋다.

'해보자고!'

[On-Air]에 불이 들어왔다.

"대미를 장식할 사연입니다. 옆에 있는 민호군 이야긴데요……."

장동묵이 게시판에 올라온 글을 읽어 내려갔다. 백 작가는 물론이고 담당 PD까지 입을 가리며 웃었다.

"컴퓨터 앞에 계신 분들은 동영상도 한번 검색해 보세요. 실제로 보면 쥑입니다, 쥑여."

입가에 미소가 만연한 장동묵이 민호에게 물었다.

"따샤. 어쩌다 이런 영상 남긴 거야."

"뭐……."

민호는 실시간 반응을 확인할 수 있는 모니터에 폭발적으로 문자가 쏟아지는 것을 보며 말했다.

"KG 피닉스 초창기에 전국투어 팬미팅을 했거든요. 장기 자랑하고 막 노는 건데 제가 막내였어요. 그때는 뭐든 열심히 해야 한다는 생각에 나가서 춤을 췄는데, 어우, 뭔가 퀄리티 있게 나왔더라고요."

[이게 바로 전설의 댄스!]

[춤 좀 쳐줘요.]

[보이는 라디오 아니라 아쉽…….]

숱한 문자들 사이에서 민호는 절대 부끄럽지 않다는 듯 차분히 말을 이어나갔다.

"획기적인 발상의 전환으로 큰 웃음을 선사한 마법의 안무라고나 할까요?"

장동묵은 큭큭 웃으며 민호의 춤을 따라해 보였다.

"이렇게 으쓱으쓱!"

민호는 장동묵의 사악한 놀림에도 당황하지 않았다. 분한 표정을 짓는 순간 지는 거다. 민호는 최대한 평온을 유지하며 말했다.

"배워보고 싶으신 분들을 위해 설명을 드리면, 양팔을 꺾어서 이마에 붙이고 리드미컬하게 움직이셔야 해요. 스텝을 마구 밟는 게 포인트죠."

[아놔, 강민호. 뻔뻔하니까 진짜 같아 ㅋㅋㅋㅋ]

[중독성 개쩐다!]

[게이머가 아니라 프로 댄서?]

청취자들의 반응도 대다수가 호의적이었다. 민호는 대놓고 자폭한 결과가 다행히 나쁘지 않아 속으로 안도했다.

그사이 장동묵은 PD에게 소식 하나를 전해 듣고 얼굴에 화색이 돌았다.

"오오! 여러분. 강민호가 실검 1위에 올랐습니다!"

PD가 모니터 화면 중 하나를 포털사이트 메인으로 돌렸다. 민호는 자신의 이름이 떡하니 1위를 차지한 것을 보고 좀 놀랐다. 회사에서는 무지 좋아할 결과였다.

'연관 검색어도 순위에 있네?'

'강민호 막춤', '강민호 마법의 안무'같은 연관 단어가 쭉 이어진 가운데 '강민호 이상건', '강민호 윤이설'도 덩달아 검색어 순위에 올랐다. 동영상 사이트에서 이미 화제에 올랐던 것들이 검색에 더 먼저 나왔기에 벌어진 일이었다.

"키야~ 라디오에서 출연자가 실검 1위 찍기 쉽지 않은데."

감탄하던 장동묵은 방송 종료 시각이 다 됐음을 확인하고 민호에게 손목시계를 가리켜 보였다.

"민호 댄서. 끝으로 한 말씀 있다면!"

"오늘 나와서 무척 즐거웠구요……."

장동묵은 고개를 까딱이며 민호의 춤을 재차 선보였다. 민호는 꿋꿋하게 멘트를 이어나갔다.

"……저도 굉장히 오랜만에 옛날 모습 봐서 좋았어요. 제 춤은 여러분들도 하나의 추억으로 기억해 주셨으면 좋겠네요."

"들으셨죠? 실검 1위 계속 가봅시다!"

흥겹게 소리친 장동묵도 엔딩 멘트를 시작했다.

"여러분, 벌써 4시 다 돼가요. 아쉽죠? 아쉬우면 내일 두 시에 또 봐! 그럼 모두 안녕~"

민호는 헤드폰을 내려놓았다. [On-Air]의 불이 꺼지고 스태프들이 수고했다는 인사를 건네 왔다.

장동묵이 씩 웃으며 엄지를 들었다.

"민호 너 라디오 센스 있게 하네."

"전에 한번 해봤거든요."

"프로게이머 하면서 방송까지. 완전 예능 다크호스야."

"아직 멀었어요."

자리에서 일어난 민호에게 장동묵이 의미심장한 미소를 지었다.

"2회전에서 보자고. 이번엔 내가 꼭 1등 한다."

"저는 1등에 인기투표까지 1등 노립니다."

"짜식이! 진짜 할 거 같아서 짜증나네."

"후후."

민호는 오늘의 스케줄을 보람 있게 끝마쳤나는 만족감과 함께 부스 밖으로 나섰다. 그러다 휴대폰의 진동이 울려 손에 쥐었다.

발신자 명을 확인한 민호의 눈이 커졌다.

"민호 씨! 실검 1위 축하합니다!"

공 매니저가 얼굴 가득 만족한 웃음을 지은 채로 걸어왔다.

"라디오는 나오셨다 하면 화젭니다. 상성이 좋나 봐요."

"그러게요."

민호는 휴대폰에 시선이 머문 채로 급히 말했다.

"먼저 내려가세요. 저 통화 좀 하고 갈게요."

후다닥 밖으로 나간 민호는 인적이 드문 복도까지 단번에 뛰어가 휴대폰을 들었다.

[나 연희야. 라디오 듣다 놀라서 너희 집에 연락했더니 아버지가 이 번호 가르쳐 주시더라. 문자 보면 연락해 줘.]

"하하……."

부끄러운 동영상이 공개됐음에도 크게 당황하지 않았던 진짜 이유. 그건 들키면 낯부끄러운 사연은 따로 있었기 때문이었다.

진연희.

어느 순간 가슴 한구석에 깊이 묻혀 사라졌던 시절의 추억
이 살포시 고개를 들었다. 봄바람에 언 땅이 녹고 새싹이 돋
아나는 것처럼. 이름을 듣자마자 설렘이 한 움큼 자라났다.

민호는 떨리는 손끝으로 통화 버튼을 눌렀다.

뚜르르.

신호가 가는 시간이 너무 짧게 느껴졌다. 갑자기 받으면
뭐라고 말을 꺼내야 할지 그것 고민할 여유조차 없을 만큼.

달칵.

이윽고 수화기를 드는 소리가 들려왔다. 민호는 조심스럽
게 입을 열었다.

"나야."

ㅡ……민호?

첫사랑 그녀의 음성에 민호는 그도 모르게 미소를 지었다.

민호에게 첫사랑은 중학교 3학년 여름, 졸업 후의 진로를
고민하던 시기에 찾아왔다.

게임단에 곧바로 들어가기보단 고등학교에 진학하기로 결
심한 민호는 뒤처진 공부를 위해 과외를 알아보았다. 그러던
중에 동네 어르신이 전교 1등의 수재로 소문난 한 사람을 추

천했다.

이미 동네의 아이 여러 명을 가르치고 있던 같은 학교의 동갑내기. 그것이 바로 그녀, 진연희다.

학교에서는 칭찬받는 모범생이자 집에서는 활발하고 착한 딸이었던 그녀는 어른들의 귀여움을 독차지 하던 동네의 아이돌 같은 존재였다.

그녀는 첫날부터 참고서를 한가득 들고 와 민호를 압박했다.

민호는 동갑내기 친구에게 배운다는 사실이 부끄러웠던 나머지, 미친 듯이 공부해 과외를 그만한다는 목표를 잡았다. 사실은 그녀가 예뻤던 나머지 서툰 허세를 부린 거였지만 말이다.

교복 차림에 꽁지머리. 티 한 점 없이 맑은 피부. 무언가에 집중하고 있을 때 코끝을 찡긋하며 짓는 뚱한 표정까지. 그녀를 만나고 난 밤에는 그녀의 모습만 떠올라 쉽게 잠을 이루지 못했다.

그렇게 여름이 가고, 중간고사를 잘 치르고 난 뒤에도 민호의 과외는 끝나지 않았다. 더불어 둘 사이도 소꿉친구였던 것처럼 편해졌다.

감정 표현이 어색한 민호와는 달리 그녀는 항상 명랑했다.

졸고 있던 민호에게 갑자기 불쑥 고개를 들이밀어 문제를 설명한다거나, 맛있게 먹고 있던 음료수를 홀랑 뺏어먹은 뒤에 웃음으로 때운다거나. 집 안을 어지럽혀 아버지에게 꾸중을 들을 때조차도 옆에서 함께 무릎을 꿇으며 미소를 짓던 그녀였다.

그녀는 매번 얼굴이 벌겋게 달아오르는 민호를 재미있다는 듯 놀리곤 했다. 그러면서도 곁에 머무르며 웃음을 잃지 않았다.

그렇게 시간이 흘러 크리스마스이브가 왔을 때, 민호는 남자로서 결심했다. 고백하기로.

그리고……

누군가를 좋아한다는 게 정확히 뭔지 잘 몰랐던 순수한 시절의 일. 그건 지금부터 7년 전이었다.

민호는 한강이 내려다보이는 카페에 앉아 떨리는 심정으로 연희를 기다렸다. 저녁에 스케줄이 있지만 도저히 기다릴 수가 없어 공 매니저에게 양해를 구하고 라디오 방송국에서 바로 이곳으로 온 터였다.

약속을 잡고 카페에 도착한 것이 4시 반.

아직 그녀가 오기까지 30분이나 남았으나 자꾸만 입구를 흘끔거리게 됐다.

"어휴."

목이 타들어가 음료를 꿀꺽 들이켰다.

'왜 이렇게 떨리냐.'

추억은 미화되고 보정되게 마련이다. 당시에는 치를 떨다가도 가만히 돌이켜 보면 별것 아닌 일이 될 경우가 많으니까. 오래전에 찍힌 막춤 동영상도 그랬다.

그러나 그녀와의 일은 아직 생생했다. 다시 만난다고 생각하니 가슴이 아리고 심장이 사정없이 떨려오는 것을 보면, 7년이란 공백이 무색할 지경이었다.

"야."

생각에 잠겨 있던 민호는 누군가의 부름에 움찔 놀라 고개를 돌렸다.

"연희야."

민호는 벌떡 일어섰다.

시간이 오래되어 잊었다고 생각했었던 열일곱 소녀가 이제는 어엿한 숙녀가 되어 눈앞에 서 있었다. 그럼에도 옛 인상이 고스란히 남아 있는 것이 민호의 가슴을 뛰게 만들었다.

"와, 너 키 많이 컸다."

연희는 민호를 올려다보며 웃었다.

"너희 아버지도 키 크셨지, 참. 부러운 DNA야."

당황해서 말은 잘 나오지 않았으나 민호는 표정만큼은 웃음기를 유지하려 노력했다. 그럼에도 굳어 있는 듯한 느낌은 사라지지 않았다.

"연희 너도 아가씨 다 됐네."

"그럼, 이제 사회인이지."

"일단 앉아."

민호는 자리를 가리킨 뒤에 카운터 앞 메뉴판에 시선을 던졌다.

"너 뭐 마실래?"

"응? 난 이거면 되는데?"

이미 자리에 앉아 자신이 먹고 있던 아이스티를 마시고 있는 연희. 메뉴판에서 고개를 돌린 민호는 그도 모르게 목소리를 높였다.

"야, 그건 내 거잖아!"

"치사하게. 밖이 너무 더워서 목마르단 말이야."

아무렇지 않은 듯 남은 음료를 다 마신 연희가 컵을 내려놓았다.

"난 이거 한잔 더."

"넌 완전 그대로구나."

"흐, 그래?"

민호는 피식 웃고 말았다. 잔뜩 품고 있었던 긴장이 한꺼번에 풀어지는 기분이었다. 민호는 얼른 아이스티를 2잔 주문해 가져왔다.

"오호!"

연희가 잔을 받아 들며 고맙다고 윙크했다. 민호는 연희를 물끄러미 바라보다 물었다.

"어떻게 지냈어?"

"작년에 대학 졸업하고, 한국 들어온 지는 얼마 안됐어."

"그때 나가서 계속 미국에 있던 거야?"

"응."

"그럼 영어 무지 잘하겠네?"

"가기 전에도 잘했거든?"

한번 말문이 트이자 절친했던 친구를 만난 것처럼 대화에 막힘이 없어졌다.

"……도리어 한국어가 생소해서 공부 삼아 라디오 많이 듣는데, 어디서 많이 듣던 이름이 나오는 거야. 검색해 보니 딱 네 얼굴인거 있지? 그 동영상은……."

"기억에서 지워라."

"푸흡!"

연희는 배꼽이 빠져라 웃었다. 민호는 맘대로 하라는 듯 팔짱을 끼고 창밖으로 고개를 돌렸다.

"근데 민호야."

"왜?"

"여자 친구는 있어?"

멈칫 할 수밖에 없는 질문이었다. 7년 전, 크리스마스이브의 그날이 떠올라 민호는 대답을 하지 못했다.

"너는?"

민호의 물음에 연희는 수줍게 웃었다. 부끄러워하는 것은 자신의 몫일 줄로만 알았건만 이 순간의 그녀는 달랐다.

"사귀는 사람은 있어."

오랜만에 마주한 첫사랑은 다른 사람을 사랑하는 중. 아쉬움이 한가득 임에도 한편으론 고개를 끄덕이게 되는 것은 왜일까?

수줍음은 사라지고 다시 명랑해진 연희는 민호의 옆으로 불쑥 고개를 들이밀었다.

"너는 왜 대답 안 해?"

"뭐가?"

"좋아 하는 사람이라도 있을 거 아니야?"

민호는 고민해 보았다. 호감을 갖고 있는 사람은 몇 있지만 아직 여자 친구라 부를 만큼 관계가 진전된 것은 아니었다.

"모르겠어."

"뭐야? 민호 너도 그대로네."

연희는 코를 찡긋하며 민호의 얼굴을 찬찬히 살폈다.

"이만하면 얼굴은 용됐고. 라디오 들어보니 나름 유머감

각도 출중하고. 연예인이면 돈은 잘 벌 테고."

"뭘 평가하는 거야?"

"너 좋아하는 여자가 없는 게 이상하다 이거지. 자신감을 가져."

2시간이나 이어진 대화는 민호의 스케줄 때문에 아쉽게 마무리되어야 했다.

연희는 아쉽다는 듯 민호에게 손을 내밀었다. 악수를 나누며 그녀가 말했다.

"앞으로 종종 연락하자는 말은 못 하겠어. 그 사람 따라 다시 미국에 갈 것 같거든."

"잘 살아."

"너도. 꼭꼭."

연희가 진심으로 자신을 위해주고 있다는 건 충분히 알 수 있었다. 다른 건 몰라도 그 시절 매일 보아온 표정과 지금의 분위기가 다르지 않았으니까.

민호는 그제야 알았다. 아쉬우면서도 후련한 이유. 정말 좋아했던 여자라면 그것이 다른 남자와의 사랑이더라도 그녀가 영원히 행복하길 진심으로 빌어주게 된다.

"고마워, 연희야."

민호는 오히려 마음의 정리를 깔끔하게 해준 것에 감사했다.

"그리고 이제 잊어주라."

"뭐가?"

"크리스마스이브. 그날 일."

"아아, 그거?"

연희는 활짝 웃으며 말했다.

"멍충아. 첫사랑이 쉽게 잊힐 것 같아?"

7년 전, 크리스마스 이브.

눈이 내리던 그날 밤, 민호는 설렘을 가득 안고서 그녀의 집 앞에 섰다. 코트 안쪽에는 감추기에는 너무나 두껍고 큰 꽃다발이 들어 있었다.

"뭐해?"

어떻게든 숨기려는 민호의 안간힘은 미소를 머금은 연희의 등장으로 그대로 굳어졌다.

"아……."

한참 동안이나 우물쭈물 서 있던 민호. 연희는 발밑에 소복이 쌓여가는 눈만큼이나 포근한 얼굴로 말없이 기다려 주었다.

안타까움이 순간순간 머물렀고, 연희를 보고 있는 민호의 얼굴빛은 추위가 아닌 다른 이유로 빨갛게 물들어 갔다.

그리고 용기를 내서 건넨 고백.

"좋아해."

"멍충아!"

돌아온 것은 연희의 핀잔이었다.

"거, 거절이야?"

"거절일 리가 없잖아. 대답은 벌써 오래전에 했는데."

"언제?"

"항상."

돌이켜 보면 민호의 얼굴이 붉어지게 만들었던 모든 행동들이 그녀의 고백이었다.

민호는 어느새 바닥에 떨어져 버린 꽃다발을 주워 연희의 손에 쥐어 주었다. 그리고 머뭇머뭇 말했다.

"우리 오늘부터 1일인 거지?"

"민호야."

"응?"

연희는 미안하다는 듯 말했다.

"나 이민 가."

"어, 어디로?"

"미국. 언제 올지 몰라. 그러니까 미안. 대답은⋯⋯."

왜 말 안했느냐고 따질 수도 없었다. 어느새 눈물이 그렁해진 연희의 얼굴에 민호역시 눈물이 왈칵 쏟아졌으니까.

무슨 말을 던져야 할지 수십, 수백 번 갈등했다. 그리고 나서 민호는 말했다.

"좋아. 다시 만났을 때, 서로 사귀는 사람 없으면 그때 우리 결혼하자."

"뭐야 그게."

젖은 목소리로 눈물을 닦으며 고개를 끄덕인 연희. 순수했던 열여섯 살의 대화는 그렇게 막을 내리는 듯 했다.

미소를 머금은 그녀를 보며 민호는 조금 더 용기를 냈다. 그리고 그녀에게 성큼 다가섰다.

"확인해야겠어."

살포시 포개어지는 입술과 입술. 추위에 얼어붙어 차가웠지만 볼이 온통 화끈 거린 탓에 그 느낌마저 달콤했다.

그날은 첫사랑에게 고백한 날이자 거절당하고. 그럼에도 첫키스를 한 날이었다.

"……이하 인물들을 노트북 광고 모델로 고려 중입니다. 저희는 민호 씨가 적당하다는 생각에 리스트의 최상단에 올려놓을 생각입니다."

KG의 광고를 담당하는 고성진 실장과 공 매니저가 자리한 회의장.

민호는 멍하니 생각에 잠겨 있었다.

곰곰이 그날을 떠올려 보니 자신이 정말 멍청했다는 것을 깨닫는 중이었다. 이민이야 어차피 가야 했을 일이었다. 그럼 왜 그전에 그녀와 더욱 살갑게 지내지 못했던 것인지.

고백의 시기가 훨씬 앞당겨졌다면, 타국에서 오래 지낸 연희의 마음이 아직까지 유지가 되었을까?

'지금 와서 무슨 소용이야.'

첫사랑이었고 이루어지지 않았다고 정리를 끝냈음에도 여운이 남는 것은, 이루어지지 않았기에 오는 애틋함 때문이리라.

"민호 씨 생각은 어때요?"

고 실장의 물음에 민호는 퍼뜩 상념에서 깨어났다. 반지를 착용하고 있던 탓에 중요한 논의는 그대로 기억하는 중이었다.

"게임단 소속일 때 같은 브랜드 키보드 광고는 해본 적 있어요."

"그럼 어필할 포인트가 더 있겠군요. 좋아요."

회의는 밤늦게 끝났다.

"고생하셨습니다."

공 매니저의 인사에 민호는 말없이 고개를 끄덕였다. 몸이 힘든 것은 없었지만 막춤 동영상이다 첫사랑이다 어째 기운만 쫙 빠지는 하루였다.

"바로 숙소로 바래다 드리겠습니다."

회의실 밖으로 나온 민호는 시간을 확인하기 위해 휴대폰을 꺼냈다 문자 수신이 5통이나 와 있는 것을 보고 눈이 커졌다.

혹시나 그녀인가 싶어 얼른 열어 보았다.

[민호 오빠, 언제 끝나요?]

[안무실에서 기다려요~]

[대답할 시간도 없나 봐.]

[아우 졸려 ㅜㅜ]

[야아아아아아!]

민호는 저녁에 펜타스톰 플레이를 봐주겠다던 오소라와의 약속이 떠올렸다.

"공 매니저님, 잠시만요."

4층의 안무실로 달려간 민호가 문을 벌컥 열었다. 불은 꺼져 있고 안은 조용했다. 열 받아서 이미 갔을 거라는 생각에 다시 문을 닫았다.

'응?'

그 잠깐 사이 관찰한 안쪽의 사물 배치와 풍경이 머릿속에 선명하게 남아 민호는 그도 모르게 왼손의 반지를 바라봤다. 그리고 구석에 엎드려 잠을 청하고 있는 그림자 하나가 보였음을 기억해 냈다.

다시 문을 열고 불을 켰다. 안무 연습에 지쳤는지 거울 옆에 기대 쿨쿨 자고 있는 오소라가 보였다.

"소라야."

민호는 오소라에게 다가갔다.

"맨 바닥에서 자면 입 돌아가."

"우음."

불빛과 인기척에 눈을 뜬 오소라가 민호의 얼굴을 발견했다.

"오빠? 하아암~"

"회의 하느라 정신없었어, 미안."

"왠지 그럴 거 같더니. 어쩔 수 없죠, 일인데."

기지개를 켜고 폴짝 일어선 오소라는 갑자기 생각났다는 듯 민호를 뚫어지게 바라보았다.

"나한테 숨긴 거 있죠?"

"뭐가?"

오소라는 선반 위에 있던 그녀의 휴대폰을 쥐고 동영상 하나를 찾아 척 내밀었다. 화면 속에서 오늘 라디오에서 한참 떠들어댄 막춤 영상이 틀어졌다.

"헤헴!"

"뒷북은. 펜타스톰 지금 더 지도해 줘?"

길길이 날뛸 것이라 생각했던 민호는 담담했다. 오소라는
혀를 찼다.

"워, 너무 쿨하네."

"이런 거에 연연할 필요 뭐가 있어. 앞으로 잘 지내면
되지."

오소라는 어깨를 으쓱하며 못 당하겠다는 듯 고개를 저
었다.

"맞다."

민호는 손가락을 탁 튕겼다.

"나도 네 거 하나 있는데. 청춘일지 촬영 때 우연찮게 폰
에 찍힌 거 같은데……."

"뭐가요?"

"네 쌩얼."

오소라가 기겁하며 민호의 휴대폰으로 달려들었다. 그러
나 반지를 착용 중인 민호의 반응은 훈련받은 요원의 그것과
비슷했다.

달려든 오소라의 왼팔을 붙잡아 옆으로 비틀며 그대로 중
심을 흔드는 간단한 대응.

"어어!"

오소라는 오던 힘 그대로 민호의 옆을 스치며 중심을 잃
었다.

'이런.'

민호는 뒤늦게 무의식적으로 방어를 했음을 깨닫고 넘어지는 오소라의 몸을 다급히 붙잡았다.

덕분에 둘 다 균형을 잃고 바닥을 뒹굴었다. 찰나의 순간 민호가 몸을 휙 돌려 먼저 떨어진 건, 중요 목표를 보호하기 위한 요원의 본능이었다.

"어맛!"

쿠당탕!

민호는 자신의 위에 엎어져 있는 오소라를 바라보았다. 등 뒤로 오는 충격보다 그녀로 인한 충격이 더 큰 까닭에 밀어내려 했으나 놀란 그녀가 옷깃을 꼭 붙들고 있던 까닭에 당장 일어날 수가 없었다.

"지금 뭐였어요?"

"뭐가?"

"오빠 팔이 팍 하더니 몸이 그냥."

"그러게 왜 뛰어들어."

안무 연습 때문에 가벼운 옷만 걸치고 있던 터라 오소라의 육감적인 몸매가 고스란히 민호에게도 전해졌다. 평소라면 '무거워'하며 놀리고 끝냈을 것이다.

오랜 만에 만난 첫사랑에 대한 아쉬움 때문인지, 반지 주인의 과감한 성향을 따라갔기 때문인지는 몰랐다. 민호는 평소답지 않은 말을 던졌다.

"연락 없으면 가지 왜 기다린 거야? 내가 그렇게 좋냐?"

요원의 본능 때문에 오소라의 호흡이 무척 가빠졌음이 느껴졌다.

"그냥요."

"그냥?"

"네, 그냥."

"그럼 나도 그냥 콱……."

민호는 오소라의 뺨에 손을 올렸다. 그리고 천천히 입술을 가져갔다. 오소라가 잔뜩 움츠러들었음이 확인됐으나 거절의 의사는 아니었다.

7년 전에는 전혀 알아채지 못했던 신호들. 요원의 본능을 빈 이 순간에는 왠지 명확해진 느낌이었다.

오소라가 눈을 질끈 감았다.

막 입술과 입술이 닿으려는 순간.

"민호 씨! 어디 계십니까?"

복도로부터 공 매니저의 목소리가 들려왔다. 민호는 몸을 휙 돌려 오소라를 바닥에 내려놓았다.

"오늘은 늦었으니까 다음에 가르쳐 줄게."

손을 흔들며 안무 연습실을 떠나는 민호를 보며 오소라는 짧게 한숨을 쉬었다. 그녀의 얼굴은 홍시처럼 잔뜩 붉어진 채였다.

––––––––

Relic : 첩보요원의 본능이 가미된 반지.

Effect : 1분간 귀로 듣는 모든 것이 기억에 선명히 남는다.

to be continued